ファン文庫

ようこそ幽霊寺へ

新米僧侶は今日も修行中

著　鳴海澪

マイナビ出版

目次

✦プロローグ

松恩院の僧侶である佐久間慧海の朝は早い。

(五時なんて、まだみんな寝てる時間だろう)

もちろんそんなことはないのはわかっている。

夜通し働く人もいれば、夜の明けないうちに起きて始発の通勤電車に乗る人もいる。自宅が職場というのは、満員電車に乗らない分だけ楽と言えば言える。

(恵まれているのは重々わかってますよ……ってその分、就業時間がめちゃくちゃだけどな)

二月早朝の暗さと寒さにどうにもテンションが上がらない慧海は、心のうちだけで毒づきつつ、間衣の下に着た白衣の裾を捌きながら冷たい廊下をひたひたと進む。間衣は丈の短い袈裟仕様の僧侶の普段着だが、冬は膝下が寒い。

(朝の勤行って、サラリーマンの朝礼みたいなものなのか？　その日一日のやる気を上げる的な……ってことは、工事現場で建設作業の人たちがラジオ体操するっていうのにも似てるかも。あれは身体的な安全のためって意味もあるみたいだけど)

愚にもつかないことを考えながら、阿弥陀仏のある本堂へと向かった。

松恩院はさほど大きくない寺だが、本堂の阿弥陀如来像は重要文化財に指定されている由緒正しいものらしい。

（ありがたいことで……けど国宝じゃないと観光客は集まらないし、重文ぐらいじゃ維持費はさほど出ないしで、金にはならないんだよなぁ……世の中ってシビア）

　恐れ多いことを腹の中だけで愚痴りながら慧海は本堂に足を踏み入れて一礼した。

　首にかけた臙脂色の輪袈裟を整えてから、今度は阿弥陀如来の仏像に向かって神妙に頭を下げる。

（おはようございます。今日もよろしくお願いいたします）

　ご本尊に読経以外の朝の挨拶が必要なのかどうかはわからないが、子どもの頃からの習慣なのでこれをやらないことには、一日中調子が狂う。

（寺に生まれた宿命だ。幼稚園のときからこの阿弥陀さまに「行ってきます」と「ただいま」をしてたんだからさ、今からやめたらご本尊さまだってびっくりする）

　本尊の正面に正座した慧海は、数珠をかけた手を合わせ、再び頭を下げてから読経を始めた。

「帰命無量寿如来　南無不可思議光
　法蔵菩薩因位時　在世自在王仏所」

　僧侶となってからは一年三百六十五日、閏年なら三百六十六日、毎日口にする経を唱え出したとき、視界の隅をふわふわしたものが過ぎった。

（ん――？）

口から読経が途切れることはなかったが視界をちらちらと横切るものが気になる。

（なんだ……？　あ――っ）

霞のようだった物体が目の前に来て形を取り、その正体に気がついた慧海は仰け反った。

「――道俗時衆共同心　唯可信斯高僧説！　――源治郎さん！　どこから出てきたんですか！」

なんとか経を唱え終えた慧海が声を尖らせると、姿を現した佐藤源治郎の霊体は指先を下に向けた。

（地下？　っていうと納骨堂か？　くっそ！　またか）

簡単なジェスチャーからぱぱっと慧海は頭の中で答えを導き出す。

「納骨壇の扉が開いてたんですか！　本当にもう！　誰だよ！　ちゃんと閉めなかったのは！」

本尊に向かって叫んでしまい、慧海は慌てて口を押さえた。

「源治郎さん……あのですね」

目の前で浮いている源治郎に向かって慧海は声をひそめる。

「たとえ扉が開いていたとしても、勝手に出てこられては困ります。寺はいろんな人がお越しになるんですから、中には霊体が見える方がいらっしゃるかもしれません。源治郎さんが宙に浮いていたら驚きます」

自称霊能力者の九割は本人の思い込みか、いかさまだと思っているので、そうそう源治郎が来訪者の目に留まるとは思えなかったが、とりあえず慧海は怒りの理由づけにそう言った。

　だが源治郎は「まさか」という顔で肩をすくめ、顔の前で「ないない」と言いたげに片手を左右に振った。

「この世に絶対ということはありません。だから源治郎さんだって未だにこうしてこの世を漂っているわけですからね。成仏を祈る寺でふわふわされたら営業妨害です」

　ぴしゃんと言うと、源治郎が困ったように眉を八の字にした。

「……とにかくですね、読経中に前触れもなく出てこないでくださいよ……。びっくりするじゃないですか」

　佐藤源治郎、享年八十五歳。霊体とはいえ、来月ようやく二十五歳の慧海は人生の先達にそれ以上あれこれ言うのも気が引けて、声の調子を落とした。

「僕はまだまだ新米なんですから、何かと気が散るんです……」

　そう付け加えると源治郎の霊体は両手を合わせて、謝る仕草をした。透けても上物だとわかる艶やかな大島紬は、納棺のときに家族が着せたものだろう。

　まるで大店の旦那のような霊体に、何故か丁稚のような気分になった慧海は腰を低くして頼む。

「まだ朝の読経がありますから、ご自分の居場所に戻っていただけますか？　もうすぐ父が掃除に行くと思いますので」

そう言うと、源治郎は頷いてふわりと背中を向ける。透ける身体を通して御堂に灯した蠟燭の炎が揺らめき、小太りの源治郎の身体を神々しく見せる。

（ほんと、幽霊が見える体質って……勘弁してほしい）

ゆらゆらと地下の納骨堂に戻る源治郎を見送りながら、慧海は零れかけたため息を呑む。

（朝からうんざりだよ）

慧海は霊体が見えるだけではなく、身内に何かの危険が迫っているのがわかるときもある——どちらもごくごく狭い範囲でしか発揮できない微妙な能力だが、異能であることは間違いない。

知らない人から見れば「ちょっと格好いい感じ」の超能力かもしれないが、慧海にとっては災いをもたらす神『黒闇天』に居座られたようなものだ。

（埋蔵金の場所がわかるとか、当たり宝くじの販売所がわかるとか、役に立つ能力が良かったな。全然役に立ってないばかりか、ろくなことないし。……マジで、普通の人になりたい。人生普通が一番なんだよな。普通が）

この面倒くさい能力のおかげで、さんざんな結果に終わった高校時代の恋を思い出して、慧海は今度こそ深々とため息をついた。

婚約祝いは生前墓地？

1

ああ、かわいい。

なんてかわいいんだろう——唇は柔らかいし。

慧海は頬杖をついたまま、英作文を板書する同級生の矢島美樹を見つめた。

——私も佐久間くんが好き。

夕陽をバックにそう言われれば、ぐっと肩を抱き寄せるのが男ってものだろう。

それで拒否されなければやっぱり次に進むのが恋のエチケット。

昨日のファーストキスの感触を思い出すと、胃の辺りがきゅっとした。

高校三年、十七歳にして初めてのキスは遅いほうだと思うけれど、早ければいいというものでもないだろう。

なりゆきじゃなくて、本当に好きだと思った子と経験するのが大切だ。

慧海は背伸びをして、英文を綴る美樹をうっとりと眺めた。

白いブラウスにチェックのスカートという普通の制服姿でも誰よりかわいいと思うのは、ひいき目だろうか。健康そうな身体つきとつやっとした丸い頬は慧海の好みのど真ん中だ。

(痩せてればいいってこと全然ないし……やっぱりあれぐらいのほうが肩とかふわっとしてさ……)

抱き寄せたときの柔らかさを思い出すと、腹の奥に熱いものがぐるぐるする。慧海は慌てて熱を持った場所を手のひらで押さえた。男子高校生の妄想は昼間でも授業中でも、留まるところを知らない。

（かわいいだけじゃなくて性格もいいんだよなあ。こんなイケテナイ俺のことを、誰より癒される笑顔って言ってくれるんだもんな）

ゆるキャラと評されるくりくりした目の童顔は、高校生にもなった男がありがたがるような褒め言葉とは思えない。それを『癒し顔』と表現してくれる優しさが最高だ。

（結婚したら佐久間くんじゃなくて、慧海さんって呼んでくれるのかなあ。俺はどうしようか。新婚のときは美樹ちゃんで、ちょっと慣れたら「みぃ」とか、かわいいよなあ……）

キスをしたぐらいでそこまで想像できる自分が怖い。だが、相手の気持ちを確かめた恋の刺激は強烈すぎて、理性の歯止めなど利かない。

（……あれ？）

妄想が暴走しすぎたのか視界が揺れた。

（揺れている）

美樹のチェックのスカートも板書をする指も揺れている。

「地震だ！」

揺れる視界に耐え切れず、慧海は机を鳴らして立ち上がった。

その瞬間、美樹の背中が虹色に光った。

（あっ――まさか）

クラス中の視線が集まり、窓枠に凭(もた)れていた教師が「あん？」と言いながら老眼鏡を指で押し上げた。

「どうした、佐久間。揺れてないぞ……もしかしたらトイレか。もぞもぞと揺れてるのはおまえだろう。早く行け」

「……あ、いえ……」

まだ揺れと輝きの残像が消えない目を擦って言葉に詰まる。

呆れた顔をしている者と笑っている者が半々。振り返った美樹が慧海の失態に恥ずかしそうに頬を赤く染めていた。

「あ……」

かっと身体中が熱くなって言葉が浮かばない。

好きな女の子の前で恥をかくなんて死んだほうがまし――十七歳の男子の誇りは薄いガラスのように脆くて儚い。

今にも砕けそうなプライドを抱えて立ち尽くす背後からのんびりした声がする。

「すみませーん、先生。僕が佐久間くんの椅子を思い切り蹴りました」

ぱっと後ろを振り向くと、だるそうに手をあげた柴門望(さいもんのぞみ)が慧海にだけわかるように口元で笑う。

「居眠りしてたのか、柴門」

顔をしかめた教師に柴門が軽く頭を下げる。

「いいえ、先生。僕の足が長すぎるんです。日本人離れしてるっていうか……ちょっと邪魔だなーっと思って前に出したら、佐久間くんの椅子に当たってしまいました」

女子生徒がくすくすと笑い出し、「嘘つけ」と男子生徒の誰かが呟く。

教師に対してその口の利き方はないだろうという軽さだ。それでも相手によって態度を変えないのと、人を和ませる愛敬のおかげで、柴門は叱責されることも嫌われることもほとんどない。

「そうか、そんなに長いか。では、私の足は邪魔になるほど長いです、と英文で書いてみろ。国際的な悩みのようだからちょうどいいだろう。矢島は戻っていいぞ」

クラス中がどっと沸く中、「あらら」と言いながら立ち上がった彼は慧海に目で合図をしてから教壇へ向かった。

唸りながら英作文を板書する柴門を慧海はぼんやりと眺める。

どんなに焦点をぼかしてみても、長い腕を伸ばして黒板の一番上からアルファベットを書いていく友人は、ぴくりとも揺れなかった。

しかし、先ほど美樹が揺れたのは勘違いではない。

（まさか……何故？）

混乱した慧海は、席に戻りながら笑いかけてきた美樹の顔を、まともに見ることができなかった。

いったいどうしたらいいんだろう——その答えが出ないまま終業のチャイムがなり、クラス中に解放感が溢れた。

「佐久間。昼メシ、外に行くだろう？　購買でパン買ってくるから、先に校庭で場所取りを頼むよ」

「場所取りって……花見じゃあるまいし」

「桜はないけど、日差しはあるよ。梅雨の晴れ間ぐらい日を浴びないと、身体に悪いっしょ」

そう言って背中を叩いてから出て行った柴門を見送ったあと、慧海は母が作ってくれた弁当を手にしてのろのろと校庭に出る。

六月の梅雨の晴れ間は、夏を予感させる眩しい光でキラキラと輝く。小さなベンチに座った慧海は、その明るさとは正反対の沈む気分で弁当の蓋を開けた。

「さすが愛情唐揚げ弁当、美味しそう」

箸を手にぼーっとしていると、手には焼きそばパンとクリームパン、小脇に牛乳パックを抱えた柴門が滑り込むように隣に座る。ぺりぺりと調理パンのラップを剥がして、片手で器用に牛乳のパックを開けた。

「よく五百ミリリットルの牛乳なんて飲めるな……。育ち盛りみたいだ」

「もう少し身長が欲しいんだよね」

「はぁ？　百八十センチもあって何が不満だよ。俺より十センチも高い」

「いや、パリコレのモデルだと低いぐらいだよ」

　さりげない軽口が自分への励ましだとわかって、慧海はむりやり冗談の応酬に乗った。

「パリコレのモデルと、普通の男子高校生を比べてなんの意味があるんだよ」

「でも、タンパク質は重要だ。モデルっていうのは冗談でも、気持ちは体育会系だから筋肉は欲しい。将来はマッチョ系の数学教師になりたいんだ。格好いいと思わない？」

「因数分解でもしながら家でダンベルを振ったらどうだ？　安上がりだぞ」

　邪慳に言うと、柴門は「それは嫌だな。だるい」と眉間に皺を寄せる。

「どうせ大変なら、女の子にきゃーきゃー言われながらやりたいな……甲子園球児みたいなのがいい」

「甲子園球児が聞いたら怒るぞ。彼らは純粋に野球が好きでやってるんだよ。もてはやされるためじゃない」

「えー。そうなんだ？　ストイックなんだな、甲子園球児って……僕には絶対無理」

　この年頃の男性にしては丁寧でソフトな口調で嫌みな調子もなくそう言った。

　甲子園球児とはほど遠い長髪をぶるんと振った柴門は、焼きそばパンにかぶりつく。慧海も進まない箸を動かして、しばらく会話もなく食事をする。

　だが一向に弁当が片付かない慧海に、柴門がぽつんと言う。

「……もしかしたら、揺れたのか？」

口調はさらっと乾いていて下世話な好奇心はない。

素直に頷くと、胸の重たさが少しだけ軽くなる気がした。

「気のせいじゃない？　……と言いたいところだけど、そうじゃないって顔してる」

焼きそばパンを大口で齧り取った柴門はゆっくりと咀嚼してから口を開いた。

「君が揺れて見えた人間には、一週間以内に命に関わるような災難が降りかかる……んだっけ」

「やめろ！」

唐揚げに折れそうな勢いで箸を突き刺して、慧海は大声を上げた。

校庭で賑やかに笑っていた女子生徒の集団が驚いてこちらを見る。

「はーい、元気ぃ？」

にこっと笑って柴門が軽く手を振ると、「いやーだっ」と笑った彼女たちは自分たちの話に戻っていく。

「……ごめん」

爆発した感情の尻ぬぐいをさせてしまった詫びを呟いた。

「それじゃ、お詫びってことで一つもらうね」

弁当箱から唐揚げを指で直接摘み上げて、柴門は口に放り込んだ。

「寺の息子が肉なんて食べていいんでしょうか？」

「いいんだよ。うちは浄土真宗だから、肉食もできれば、結婚もできる。でも、俺は一生結婚なんてしないかもな。第一こんな性癖持ちじゃできないだろ」

自分の苛立ちを他人にぶつけてしまう不甲斐なさを自覚しながらも抑え切れない。

「性癖って言うとちょっとした変態に聞こえるから、癖とか第六感とか言ったほうがいいと思うよ。まあ、それはともかく、先のことなんて、今決めてもしょうがないんじゃないのか？」

慧海の昂ぶる感情に巻き込まれずに、柴門は軽い調子で言う。

「……でも、佐久間の言うことはわかる気がする。大切な相手の不幸な未来が予測できるなんて、すっごく嫌だろうなって、それぐらいは僕だって想像できる。知らぬが仏っていうぐらいでさ、人間知らなきゃ幸せなことってていっぱいあるもんね。だけど、その現象が続くとは限らない……そう思わないか？」

焼きそばパンを食べ終え、クリームパンをがさがさと袋から出しながら彼は考え深い表情になる。いつも振りまいている愛敬が消えると、すっきりとした理知的な顔立ちがいっそう大人びる。

「君のその不可思議な能力はある日突然消えるかもしれない。ほら、子どものうちは誰でもシックスセンスがあるっていうだろう？　人は大人になって常識が備わると、リアリストになり、超能力も信じなくなって消滅するっていうのが大方の見解らしい」

「俺はもう大人だ」

ぶすっとして答えると、ぱっと柴門が視線を合わせてきた。

「ということは……やはり君、矢島さんとやっちゃった？」

「やっちゃったって何が？」

「やったと言えばあれに決まってるじゃないですか、佐久間くん」

クリームパンをふにふにと握り、柴門は含み笑いをする。

「Get out of virginity!」

「ゲット……バージニティー……？　なんだそれ？」

「さっき英語の授業受けたばっかりだよ、佐久間くん」

考え込んだ慧海に、柴門はふふふと思わせぶりに笑う。

「……つまりね。脱チェリーボーイってこと」

「チェ……何言ってんだよ、馬鹿！」

頭の中の妄想を覗かれていた気がして、かっと体温が高くなり身体中から汗が噴き出る。

「え？　違うの？　何もしてないの？」

きょとんとした表情が、童顔とは言えない顔立ちを年相応にする。その無邪気さに煽られて慧海は口調がつっけんどんになる。

「おまえと違う。俺はちゃんと節操があるんだ。いきなりがっついたりしない」

「ひどーい」

茶化すように言ったものの、すぐに柴門は表情を改めた。

「災難が予測できる相手は限られてるんだろう？　佐久間の家族とか、親戚だけだって言ってたよね。なのに矢島美樹の災難が予測できた……ということならば、君にとっては彼女が身内に近い相手になった、ということだと思うんだ。だから、そういう関係になったかと思ったんだよ」

「ああ……そうか……」

確かに柴門の言うとおりだった。

身内の災難が見えるというこの不思議でやっかいな力は、松恩院住職である父、成朋(なりとも)の話では父方の血らしい。父も知らない遠い祖先が、そのようなことを口にしては、周囲から畏怖の念を抱かれていたという。

慧海が初めてこの奇妙な感覚に気がついたのは幼稚園のときだった。

おやつの饅頭(まんじゅう)を差し出してくれた祖父が不意に左右に揺れ、背後に虹色の光が見えた。

『お祖父ちゃん、揺れてる！　地震、地震！』

饅頭を受け取り損ねた慧海は屈み込んで頭を抱えた。

『お家、壊れるよ。お祖父ちゃん！』

祖父母が暮らす年季の入った日本家屋は子ども心にも地震に弱そうに思えて慧海は叫んだ。幼稚園の先生に、地震のときは机の下にもぐると言われたことを思い出して、小さな手で精一杯に頭を庇った。

『どうした、慧海。何も揺れてないぞ、夢でも見たか？』

祖父が温かい手で慧海の頭を撫でて、優しい声を出した。

おそるおそる見上げると、さっき激しく揺れていたのが嘘のように祖父はくっきりと見えた。

『……地震じゃないの？』

首を傾げた慧海に祖父は頷いて、新しい饅頭をくれた。

『寝ぼけたか？　夜更かしはいかんぞ』

そう言って笑った祖父が歩道橋で足を踏み外して急逝したのは一週間後のことだった。

もちろんそのことはすぐに忘れてしまった。

だが、従兄が虹色の光を放ちながらぐらぐらと揺れて見えたときは、慧海は小学校高学年になっていて地震との区別はついた。同時に幼い頃の祖父に関する記憶が甦って、激しい不安に襲われた。

地震でもないのに揺れて見えた祖父が、そのあと事故に遭った――もちろん因果関係などあるはずもないが、何故か胸騒ぎがする。

誰かに言ったほうがいいのだろうか。子どもなりにそう悩んでいるうちに、五日後、従兄は出会い頭の交通事故に遭った。幸い軽傷だったものの、二つの出来事は慧海の心に深い傷を作った。

（関係ない……関係ないんだ）

まじないのようにそう唱えて、意識の奥深くにそのことを押し込んだ中学生のとき、今度は父が七色に光って揺れた。

（もう駄目だ！　黙っていられない）

　僧侶である父ならば、この不可思議な現象を解決してくれるかもしれない。意を決して打ち明けたとき、まるで心当たりでもあるかのように父は一瞬ぎょっとした。

　だが父の変化にいっそう硬直する慧海に向かって、父はすぐに笑顔を作った。

『偶然だ。修行もしていないおまえに霊感も予感もあるものか』

　陽気に笑う父にそれ以上不安を訴えることはできなかったが、その結果は三日後に出た。

　法事に出向いた先で父は仕出し料理に当たり、嘔吐と痙攣を起こして救急車で病院に運ばれた。

　従兄のときと同様、最悪の事態には至らなかったことに慧海は僅かな希望を見出した。

（偶然だよ。この前の揺れとは関係ない）

　しかし、父に呼ばれて病室に行った慧海は、先祖が持っていたという予知能力の話を聞かされた。

　予知能力といっても、ごく身近な人の災難しか見えないという些細なものだが、異能であることは確かだった。

　何代も息をひそめていたのに、いきなり自分に現れた、要りもしない能力に慧海は怯えた。

　真実を伝えてくれた父は息子の手を握ると、目をしっかりと見つめて言った。

『おまえは坊主になれ。それは天命だ』

『……俺、おかしい？』

不安に怯えて声が震えたが、父はきっぱりと首を横に振った。

『おかしくない。人が誰でも一つは持っている自分だけの才能にすぎないぞ。ちょっとばっかり扱いがやっかいなだけだ』

『お坊さんになったら大丈夫？』

『誰にも絶対大丈夫という人生なんてないんだ。だから何かが起きたときに頑張れる力をつけることが大切なんだよ』

『お坊さんになったら……頑張れる？』

『たぶんな……お父さんも一緒だから、頑張れるはずだ』

励ますように重ねられた大きな手は逞しく、父が自分のことを真剣に考えてくれているのが伝わってきた。

（お父さんの後を継ごう。そうしたら何かわかるかもしれない）

そのときの想いは、自分の能力への恐怖と一緒に徐々に薄れはしたものの、消えてはいない。僧侶になって寺を継ぐのが、一番いい選択だと今でも思っている。

「そうだよな。柴門の言うとおり、俺にはすごく身近な人の変化しか見えないんだ……じゃあ、彼女が揺れたのは錯覚かな」

まさかキスしただけで身内になるわけはない。目の前がぱーっと明るくなった気がして声が弾んだ。

「そういうことかも。エロゲーのやりすぎじゃない？」

「せめて受験勉強と言ってくれ」

柴門の落ち着き振りに肩の力が抜けていく。

彼とは高校に入学してからの付き合いだが、驚くほど気が合った。

長身ですらりとしたスタイルに、印象的な切れ長の目が知的な容貌の柴門と、中肉中背で、童顔の慧海では人種的に違いがありそうに見える。三月三日ひな祭り生まれの慧海と、四月二日が誕生日という柴門では、同級生とはいえほぼ一年違う。そう考えれば身長の差はもう少し詰められるかもしれないが、たいした違いはないだろう。

その上性格も、陽気で人を逸らさない愛敬がある柴門と、黙っている限りはさほど目立たない慧海では月とすっぽんぐらいの違いがある。

唯一の共通点は部活をしていないということだが、その理由はこれもまたまったく違う。

慧海は家の手伝いがあるからだが、柴門は「団体行動はダルすぎて無理。自由に好きなことがしたい」からだ。

一つ間違えばただの我が儘で協調性がないとも言えるのに、柴門は他人に迷惑をかけたり、人が夢中になっていることに冷水を浴びせたりするような無粋な真似はしない。

団体行動の最たるものと言える学園祭も欠席せず、ダンス部の女子が企画したクラス別の出し物、アンデルセン童話『赤い靴』のミュージカルでは文句一つ言わずに、赤いスニーカーを履いて踊った。

　自分の中に潜む異能に怯え、他人と距離を取りがちな慧海は、なんの苦もなく他人と上手くやれる柴門に憧憬を覚えた。

『柴門って何をやっても肩の力が抜けてる……羨ましいな』

『赤い靴』を踊り終えた学園祭の最終日、上手く踊れたご褒美にコーラをくれた女子生徒へ、自然な笑顔を見せた柴門にいつも思っていることが口に出た。

『そう？　僕はお調子者の自分がちょっと嫌いだけど。君みたいに人と適当な距離を保って、楽しそうなほうが格好いいと思うよ』

　その口調は自然で真実味があり、彼の本心に聞こえた。

『俺、寺の息子だからそれなりに修行してるっていうか――』

　そのあとに自分の忌まわしい力のことを話してしまったのは、どういう風の吹き回しだったのか。抱えている秘密を他人がどう思うのか知りたかったのかもしれない。今の自分を壊したいという、若い衝動も背中を押したと思う。

　口にしたとたん激しい後悔が押し寄せて「今のは嘘」と慧海は言いかけた。

だが柴門の「へぇ、いいかもねぇ」と言うのんびりした返事に驚く。

『いいか？』

『だって危険を察知できるってことは、それを回避できるかもしれないだろう』

『いつどこで何が起こるかわからないんだから、実際はどうしようもないんだ！　相手に教えたところで怖がらせるだけだ。自分がその立場になったたってちょっと想像してみればわかるだろう！』

打ち明けた安堵感と後悔から声が大きくなると、落ち着けとでも言うように柴門が手にしていたコーラを渡してきた。

『そうか、そう言われれば……佐久間の言うとおりだよね。僕だって具体的な解決策のない不幸の襲来を知りたくはない』

考え込んだ柴門は、やがて、うん、と納得したように頷いた。

『でもさ、他人のことはわからないんだよね？　たとえばもうすぐ僕の上に雷が落ちてくることになっていても見えないってことだろう？』

『うん……そうだけど、今日は晴天だから雷は落ちないよ』

『たとえ話。そこは真剣に答えなくていいんだけど。つまり僕が言いたいのは、君の能力は身内の問題であって、他で悩むようなことではないということだ』

柴門は映画に登場する探偵めいた仕草で顎に手を当て、自信ありげな表情になった。

『どんな家にも問題はある。幸せに見えても棘を隠している。たとえば僕の家は母の浮気疑惑で常にギスギスして、心情的には家庭内別居状態だ。上辺はそれなりでも、土台にシロアリが棲んでいる木造建築のような危うさがあるのが家庭というものだって僕は思っている』

『……嘘……』

自分の悩みも一瞬忘れるような話に、驚きを隠せない。

『嘘じゃないよ』

楽しいことでも話すように柴門はにっこりと笑う。

『ある日、些細な出来事をきっかけに父が母に、浮気疑惑をぶつけた。こともあろうに子どもたちの目の前で』

目を細めた顔はそのときのことを思い出しているようにも、また表情を読まれない予防線を張っているようにも見えた。

『……酔ってたとか？』

遠慮がちに尋ねる慧海に柴門は鼻先で嗤う。

『ビールぐらい飲んでたかもね。でもさ、酔って言ったことに罪はないなんて絶対嘘。心で思ってないことなんか、何があっても口から出てきやしないよ。どうやら父は単身赴任で東京を離れていたときのことを、ずっと疑っていたらしい。熟成された怒りだったみたいだけれど、子どもにしたらびっくりだよね』

柴門の目が笑っていないことに気がつき、ぞわぞわと悪寒が背中を這い上がってきて生唾が出た。真剣な柴門は同年とは思えない迫力があり、安易な慰めを受けつけないことを感じさせた。

『もちろん母は否定したよ。その夫婦喧嘩のとき、僕は小学一年生、三つ違いの兄は四年生。子どもだからわからないだろうって、父は思ったのかもしれないけれど、ちゃんと理解できた。で、それ以来我が家は冷戦状態だよ』

『冷戦って……』

『まあ……表面上は普通にやってるし、親がそれでいいなら仕方がない。生活力のない今の状態で放り出されても僕だって困るしね』

少しひんやりとした口調だったが、飄々とした顔つきはそのままだった。

『でもさ、喧嘩しなくちゃならないなら、せめて子どもには聞かせないのが、親の礼儀ってものだよね？』

『……ああ……そうだな……』

困惑を隠せない慧海に柴門はニヤッと笑った。

『つまり僕が言いたいのは、どこの家も他人には見せたくない棘を抱えてるってこと。そしてその棘は他人に抜いてもらうものじゃなくて、自分でなんとかするもんだってことだ』

話の的はズレているし、なんの解決策も提示されていないが、慧海は慰められた。

他人の家のごたごたが面白かったのではないし、友人が自分の悩みをあからさまにしてくれたことで、同等になった気がしたわけでもない。上っ面の解決策や慰めを口にするのではなく、個人的な悩みは腹で抱えるものだと言い切った彼がすごく大人に見え、自分もそうなりたいと思った。

あのときから、慧海にとって柴門は一番近い友人になっている。

柴門の正しい理屈に勇気づけられて、さっきまでの不安が消えていく。

「気にしすぎだよな、俺」

「そうそう。きっと大丈夫だよ。佐久間」

もう一度言うと、クリームパンを食べ終わった柴門はその袋をくしゃくしゃにしながら、力強く親指を突き出す。

「まあ、好きな子を見ればくらくらするよな。僕たちすぐ滾（たぎ）っちゃう年頃だもん」

「言えてる」

彼と一緒に笑うと、胸のつかえが取れていく。

大丈夫、美樹はまだ自分の身内ではない——翌日、実家の火事で矢島美樹が欠席だと知らされるまで、慧海の気持ちが揺らぐことはなかった。

2

「……速入寂静無為楽（そくにゅうじゃくじょうむいらく）　必以信心為能入（ひっちしんじんいのうにゅう）
弘経大士宗師等（ぐきょうだいじしゅうしとう）　拯済無辺極濁悪（じょうさいむへんごくじょくあく）
道俗時衆共同心（どうぞくじしゅうぐどうしん）　唯可信斯高僧説（ゆいかしんしこうそうせつ）」
大きく息を吸い込んだ慧海は早朝勤行の終わりを告げる磬（きん）を撥（ばち）で鳴らす。
初夏を予感させる風が衣の袖にすーっと入り込む感触が心地よい。

「南無阿弥陀仏(なむあみだぶつ)　南無阿弥陀仏」

ふうと息を吐き、数珠をかけた手で静かに合掌して頭を下げた。

（よしっ！　今日は完璧だ）

昨日は読経の途中でつっかえてしまったばかりか、次の経文を間違えてしまった。

（仏さましか聞いていないとはいえ、焦る）

仏が聞いていることが一番問題なのだが、慧海は胸を撫で下ろす。

短い髪に、墨染めの衣の首にかけた輪袈裟と、いでたちだけは僧侶らしいが中身はまだまだ新米だ。しかもくりくりした目は変わらず、こうして僧侶の格好をしても仮装に見られることがある。

もう少し坊主らしく見られたいと剃髪(ていはつ)も考えたが、父に止められた。

その理由がなんと「私がつるつるでいかにも御利益のありそうな頭なのに、おまえまでつるつるだと、私の権威が下がる」という、理解しがたいものだった。

（まったく親父って、悪気なく俗っぽいよな。あれが住職なんて松恩院の存続も風前の灯火かもな）

慧海はおしゃれからほど遠い形にカットした髪に触れる。真っ黒で硬い髪はあまり切りすぎるとつんつんと立ち上がり、ハリネズミのように見えるので、頃合いが難しい。

三日前、この格好をしているときに偶然出会った高校時代の同級生に「うわっ、おまえ、どうしたの、その格好？　季節外れのハロウィン？」と不躾に言われた。

（もうすぐゴールデンウィークだっていうのに、どこでハロウィンが開催されるんだよ！寂れたテーマパークのびっくり企画かよっ！）

内心かなりむっとしながらも、今は実家の寺で僧侶になり法事の帰りだと説明すると、彼は「偉いんだなあ」と目を丸くしていた。

（偉いって……普通に働いているだけだろ。サラリーマンと同じだよ）

中身はさほど変わっていないのに、僧侶という職業だけで「偉い」と言われると鼻白む。

幼い頃に現れた不思議な感覚に悩まされた慧海は、父の勧めもあり、他の道を考えることもなく僧侶になることを選んだ。

仏教系の大学を卒業したあとは、父とともにこうして生まれ育った松恩院でお勤めをする毎日だ。

だが、僧侶になって四年目に入った今でも、これで良かったのかという迷いがふっと浮かぶ。誇れるほどの崇高な志もなく僧侶になり、人に頭を下げられることへの尻の落ち着かなさは消えることがない。

（ほんと、あやふやですみません……）

ため息をつきつつ本堂の仏像に合掌し、目を閉じて深々と頭を下げる。

（かといって他に何ができるわけでもなし……頑張りますか）

今度はため息ではなく、気合いを入れるための深呼吸をして目を開けると、哀しげな老人と視線があった。

　大島の着物を着た身体は透けながら宙に浮き、下半身は空気に溶けている。

　年齢のわりにはふっくらとした顔に福耳が大黒天に似ている。だが今はその顔立ちには似合わない哀愁を漂わせていた。

「あ……あ……あなたでしたか、源治郎さん」

　呟いた慧海は手を合わせて「南無阿弥陀仏」と唱える。

「ご自分の場所から出てこないでくださいね、源治郎さん……お孫さんが最近いらっしゃらなくて寂しいのはわかっていますが、確か来年高校受験ですよね。勉強で大変なんですよ。現世に生きる人は俗事をこなすだけで精一杯なこともあるのです。お盆には皆さんでいらっしゃいますよ」

　肩を落とした霊に語りかけつつ、慧海は僧侶としての義務感を総動員して穏やかな微笑みを浮かべる。

「少し先になりますが、ちゃんと盂蘭盆会の案内状は出しておきます。ですから心穏やかに過ごしてください」

　切々と訴えると目の前の老人がすーっと消えて、慧海は肩の力を抜いた。

「誰だ？」

　背後からの声に振り返ると、雑巾を手にした作務衣姿の父だった。

「佐藤家の源治郎さんですよ。掃除が終わってから納骨壇の扉を開けっぱなしにしませんでしたか？　お父さん。源治郎さんはすぐに出て来てしまうんで、困るんですよ。今は明るいからマシなんですけど、暗い冬の朝だと、結構びっくりするんですよ」

冬の朝に驚いたことを思い出して顔をしかめる慧海に住職の父は、つるりと光る頭に手をやって「そうだったかな」とうそぶく。

都内の閑静な住宅街に位置する松恩院は京都に本山を置く浄土真宗の一派で、明治時代に建立された新しい寺だ。一応切妻造（きりづまづくり）の屋根にどっしりした門とそれなりの広さの境内が傍目にも寺だと思わせるが、裏手にはすぐ住居があるというこぢんまりした仕様だ。

坊主丸儲けなどと世間では言われるが、それは長い付き合いの裕福な檀家をたくさん抱えている場合の話で、松恩院の経営はそんなに豊かではない。

参詣（さんけい）者の賽銭やお布施だけではやっていけない。

恐れ多くも地蔵菩薩（じぞうぼさつ）を思わせる穏やかな容貌の父は、計算に達者な経営者だった。

安定した収入を得て、なおかつこの界隈に松恩院を根付かせる方法として納骨堂を設けた。

地下には仏壇式の百基の納骨壇、本堂の裏に個人用の小さな納骨壇を五十基。最近は、法事など式場用の大部屋をバリアフリーのユニバーサルデザインでリフォームした。

自分の寝ている隣にびっしり墓があると思うと、子どもの頃はざわざわしたが、「世の中で一番怖いのは生きている人間だ。あの世に往けば皆仏だ」と父に一笑に付された。

実際父の思惑どおり、交通の便のいい松恩院の納骨堂は九割がた埋まり、毎年の管理料に加え、法事や読経の布施が安定した収入をもたらしてくれる。

朝の読経を慧海に任せる父は、寺の重大な資金源である納骨堂の掃除に余念がない。毎朝、いつ誰が参りにきてもいいようにぴかぴかに磨き上げている。

「納骨壇の中まで掃除するからな、そのときに扉を閉め忘れるんだよ。明日から気をつける」

なす紺の作務衣の袖で汗を拭って形ばかりに詫びる父に、慧海はあからさまに顔をしかめてみせた。

「明日から明日からって、何度同じことをするんですか。ちゃんと閉めないと、ひょっこりと出てくる人がいるんですよ！　お父さんには見えないかもしれませんが、こっちは見えるんですからね！　心臓に悪いったらないんですから！」

父とはいえ、住職相手に乱暴な言葉を使うわけにはいかないが、その分言い返す声が大きくなり、本堂に反響する。

まさか自分に霊を見る能力まで備わっているとは思わなかった。もちろんこちらの力も、ごく狭い範囲でしか発揮されず、せいぜい松恩院内で成仏し切れずにふらつく霊が見える程度だ。

初めて霊が見えたときに青くなって父に訴えたら、「ああ、そっちの能力もあったのか。どうも危険の予知能力とセットになっているらしいが、おまえもやはりそうだったんだな」とあっさり言われて、怒りが腰砕けになった。

それでも「どうしてあらかじめ教えてくれなかったのか」と詰め寄ると、「出るかどうかもわからない能力のことを話して、妙な期待をさせても悪いからな」とへらへらと言われて、父親のいい加減さにがっかりしたことは忘れない。

さすが息子に、宗派違いのスーパー僧侶『河口慧海』から取った名前をつけるだけのことはある。

(俺に何を期待してるんだか……まさか慧海みたいにチベットに行って悟りを開けって言いたいわけじゃないよな？　そういうの絶対無理だから)

今度虹色に光っても金輪際教えてやるものかとさえ思った。

今はもう諦めているが、父の無責任な顔を見ていると、何代も素通りしたあげくに自分に出た佐久間家の血の繋がりに腹立ちが甦る。

特殊能力といっても、身内に対してとか、自分のテリトリーだけで発揮されるチープきわまりないものではなんの役にも立たない。いっそのこと、そこら中で成仏できない霊が見えたり、他人の危険が予知できれば、テレビに出たり、本を書いたりして大儲けできたかもしれない。大物政治家暗殺なぞ予言できれば、一躍時の人だったのに。

父に怒っても疲れるだけだと嫌というほど知っている慧海は、むかむかしながらも自分から話を変える。

「ところでなんですか？　いつも読経を俺にまかせきりのお父さんが本堂に顔を出すからには、用があるんじゃないんですか？」

嫌みな口調になるが「ああ、そうだった」と父はまったく意に介さない。

「柴門くんが、今日の三時頃に客を連れて行くので、案内をよろしくとのことだった。おまえは読経中だろうから、伝えておいてくれと電話があったんだよ」

「柴門が？　客って……なんのです？」

「納骨壇購入希望のお客さんだろう。他にどんな客が来るんだ？」

なんの疑問も持っていないらしい父に慧海は反論する。

「だって、柴門の勤務先は結婚相談所ですよ。お客と言えばお墓を買いたい人じゃなくて、結婚したい人です」

「結婚は人生の墓場って言うし、別におかしくないだろう」

不穏なことを平然と言った父は、掃除の仕上げをしに本堂を出て行く。

その背中を見送りながら慧海は柴門のことを考える。

慧海は仏教系の大学へ進学したので彼と同窓だったのは高校の三年間だけだが、付き合いはずっと続いている。

進学先の大学で柴門は、十五歳年上の女性講師と恋に落ちた。一般教養で仕方なしに選択した中世美術史の講義が出会いだったというのも、形に拘らない彼らしい気がした。

あの飄々とした男が誰かを熱烈に好きになるなどとは信じられなかったが、柴門は本気だった。

——さすがに年の差がありすぎだって。

——先のわからない学生と社会人ってどう考えても無理じゃん。どうしちゃったんだよ。

柴門の交際相手を知った友人たちは、誰もが難色を示した。

実家の職業柄、公平にものを見ることを教育されてきた慧海でさえさすがに驚いた。

年齢差はともかく、教え子と恋愛関係に陥る教師というのが常識外れに思えた。

だが振り返ってみれば、柴門自身が世間一般の常識から遠い男だ。

妙に達観したところがあるのか、慧海の異能を聞いても驚くことなく受け入れ、何も揺らぐところがない。

そう考えれば、自分の物差しで柴門の恋に意見するのは間違っている気がした。

(第一、柴門だって俺の決めたことに反対しなかったもんな)

高校時代、好きだった矢島美樹が災難に見舞われたとき、予知していながらそれを防げなかった自分を責めて彼女から離れた。

家がほぼ全焼したにもかかわらず、美樹たち家族が全員無事だったことは不幸中の幸いだったが、慧海は自分を許すことができなかった。

身内ではない美樹の災難が何故見えたのかはわからない。錯覚という可能性もある——美樹に悪いことが起きると考えたくなくて柴門の言葉を一度は信じたが、それは自分の間違いだったと今は思う。

幼い子どもの「好き」という感情ではなく、本当に世界中の誰よりも美樹を好きだと思った。頭の中は美樹のことで一杯だった。

あのとき、慧海にとって美樹は誰よりも近しい人だったことは間違いない。だから、身内の災難しか見えないはずなのに、美樹が巻き込まれる危険が見えた。

けれど、いつも同じだ。見えたからといって、何をどうすることもできない。

腹に呑み込むこともできず、気づかなかった振りもできない。だったら、何も知りたくない。誰とも深く関わらないのが一番なのかもしれない。

美樹に振りかかる災難を防げなかったからには、もう付き合う資格はない。

十代だった慧海がそう判断したのは仕方のないことだった。

だがきちんとした理由を言わず、しかも彼女が一番辛いときに付き合いを断った慧海は一時期同級生たちから総スカンを食った。

『矢島さんも、彼女の家族もとりあえずは無事だったんだから、忘れたほうがいいよ。どんな人間だって生きていれば嫌なことが増えるんだから、そういう記憶は端から捨てていくに限るって』

慧海の胸のうちを知っていた柴門だけはそう言ったが、予測できた災難を防ごうとしなかった自分への罪悪感に耐えるのが精一杯だった。

『好きな子を守れないなんて男としてあり得ない』

『別に男のほうが女性を守るって決まっているわけじゃないよ。今はしっかりした女性も多いから、女性が男を守るっていうのも全然ありでしょ』

柴門は当然のように言うが、慧海は頑強に否定した。

『それはそうだけど……俺は、好きな人は守りたい。守れないなんて人間失格な気がするんだ』

『それ、気張りすぎだ、佐久間。もっと気楽に考えたほうがいいよ』

『いや、それは無理だ。俺はもう一生ひとりでいい。誰とも付き合わないし、結婚しない！　相手の生死が見えるなんて耐えられない』

何もできなかった情けなさに押し潰されそうな自分を、頑なになることで守った。

『そんな殺生な。君、この先ずっとチューもしないの？』

『……しない』

さすがに健全な欲求を持つ青少年としては心が揺れたが、不幸の予兆をみるよりはずっとましだ。この先もう一度そんなことが起きたら今度こそ耐えられそうにない。

『そんな警察犬みたいな人生って辛くない？』

『警察犬ってどういう意味だよ？』

深刻な話にも微妙なたとえを持ち込んでくる柴門に、ふっと肩の力が抜けた。

『快楽を味わうと感覚が鈍くなるから、現役警察犬は童貞が絶対条件なんだと、聞いたことがある』

本当か嘘かは知らないけれどと、うそぶいたあと、柴門はぱっと顔を輝かせる。

『おまえもチェリーを卒業すれば、感覚が鈍くなって何も感じなくなるかも。一度試してみたらどうだ？』

『殴るぞ』

さすがに怒りを顔に出すと、柴門が「ごめん」と肩をすくめた。

『まあ恋愛はごたごたの始まりだし、なきゃないで平穏だよ』

そう言った柴門の顔はいつもと違い、少し翳っていた。彼が抱えている棘は案外鋭く、簡単には抜けないのかもしれないとふと感じた。

そんな彼が恋をしたのは、やはり幸せなことなのだと慧海は考えることにした。

だが、大学三年のときに柴門は彼女と別れた。

『そうなんだ……』

彼女との付き合いに口を出さなかった君には言っておくよ――と、律儀に報告してきた柴門に慧海はそうとしか返せなかった。

こんなとき「なんでだよ？」とか「元気出せよ」などと言える人懐っこい無神経さを慧海は持ち合わせていない。

だが何も聞かない慧海に安堵したように彼は自分から口を切った。

『できちゃってさ』

何を言ってるのかすぐには理解できずに柴門の顔をぼーっと見返すと、彼が軽く自分の腹の辺りを叩いた。

『あ……子ども……』

頷くだけの柴門に、さすがに慧海も黙っていられない。

『おい、子どもができて別れるってなんだよ？　……産まないのか？』

確かにこの年で父親になるのは早いかもしれないが、簡単に別れて済むような問題ではないはずだ。

『いや。産むらしいよ』

声が強ばる慧海に対して、柴門は他人事のように言った。

『おまえさ――』

『僕の子じゃないんだって。びっくりだね』

『まさか、嘘だろう……』

『さあね、本人がそう言うならそうなんじゃないのか？　マリアさまの頃から男にはわからない聖域だ』

柴門には似合わないひんやりとした口調は、ムキになりかけた慧海に冷や水を浴びせた。

（らしくないぞ……何かおかしい……）

他人の秘密に無遠慮に踏み込んでは来ないが、柴門は決して冷たい男でもいい加減な奴でもない。その柴門が見せた投げやりな非情さは彼とは思えない。慧海の知っている柴門なら、付き合っていた女性が「あなたの子じゃない」と言ったなら、責任を持って真実を聞き出そうとするはずだ。

（それとも何か、聞けないようなわけがあるのか？）

もしかしたら柴門をそんな気持ちに駆り立てる、慧海の知らない理由があるのかもしれない。

尋ねるように見返した柴門は、いつもの陽気で飄々とした彼ではなく、硬い表情をした見知らぬ人のようだった。

「……柴門……」

そう呼びかけるのが精一杯だったが、我に返ったように柴門はニヤッと笑った。

高校時代と変わらないその笑顔が何故か痛々しく見えて、慧海は何も言えなくなった。

誰だって言いたくないことはある。たとえ高校時代からの付き合いでも、慧海の秘密を彼が知っていたとしても、無理に聞き出すことはできなかった。

その柴門が卒業後、結婚相談所に就職をしたときにはさすがに黙っていられなかった。

『結婚相談所？　マッチョな数学教師になるんじゃなかったのか？』

『数学もいいけど、結婚という簡単に解決できない難問に挑戦したくなったんだよね』

大げさな言い回しでおどけながらも、本気を感じさせる口調に意見をすることは控えた。

「心の棘は自分で抜く」という信念を持つ大人の男が決めたことに、所詮他人が口出しはできない。

慧海だって結婚どころか恋愛すらしないと決めている。

キスをしただけで相手の災難が見えてしまう自分に人と交わる権利はない、という慧海の頑ななまでの決心に柴門は何も言わない。

もちろんたまに揶揄することはあるが、本気で止めようとはしない。

どんなに親しい仲でも、時間を経た付き合いでも、踏み込んではいけない一線はある。

失意のうちに辞めたときには酒でも奢って愚痴を聞いてやるだけだ。

けれど、勤めて三年が過ぎ、いつも忙しそうにしているところをみると、それなりに上手くいっているのだろう。

（その柴門が寺になんの用だ？　役に立つことだったらいいけど……）

そう思いながら慧海はもう一度、本尊に向かって合掌した。

柴門との約束の時間まで書類の整理をしようと思い立った慧海は、事務所の机に向かって請求書に目を通す。

「電気代……やっぱり厳しいな。地下の湿気を取るのが大変なんだよなあ。もうすぐ梅雨に入るし、除湿器を別にいれたほうがいいか……でもそうすると狭くなるし、なんとなく無粋か。スタイリッシュな除湿器は高いし、どうしたもんだか」

納骨堂は常に一定の温度に保つために空調をかけっぱなしにするしかなく、電気代がどうしてもかさむ。

節約のために照明は使うときだけしか点けないし、納骨堂に来る客にも出るときに照明を消すように頼んでいるが、忘れて帰る客も多い。

「お参りする人は基本的に納骨堂には出入り自由だから、そうそう見張ってもいられないんだよなあ。あくまでお願いとして、照明を切らないと仏罰が当たります……って張り紙でもしてみるか」

とんでもないことを口走りながら慧海は次に水道料を確認する。

「あちゃ……こっちもすごいな。この間池田さんが水を出しっぱなしにしておくからこんなことに……河童地獄に堕ちるぞ」

顔をしかめながら慧海はまた毒づいた。

「河童地獄ってなんだ？」

「うわっ！　いきなり覗かないでください、お父さん」

事務所の入り口からひょいと顔を覗かせた父に、慧海は椅子から飛び上がるほどびっくりして声が裏返る。

「さぼっているから驚くんだ。ちゃんと仕事をしていれば、いついかなるときでも笑顔が出るはずだ」

(笑顔で書類を見ているなんて、そっちのほうがびっくりするだろ)

心のうちだけで呟く慧海に、中に入ってきた父がもう一度聞く。

「で、河童地獄とはなんだ？」

「たぶん河童だらけの地獄ですよ。そこに堕ちたら毎日三食キュウリだと思います」

「飢餓地獄より断然いいけれど、できればモロミもつけてほしいもんだね」

そう言いながら父は慧海の手元の請求書を覗き込んだ。

「小さい字だねえ……もっと大きくできないもんかね……年寄りに優しい請求書にしないと仏罰が当たるよ」

住職とも思えない愚痴を零しながら数字を読み取った父はさすがに顔をしかめた。

「どうしてこんなに高いんだい？　おまえ、庭でプールにでも入ったのかい？」

「庭にプールがあるような家に住めるものなら住みたいですよっ！」

請求書を机の上にバンと音を立てて置き、慧海は父を睨みつけた。

「池田さんですよ。この間、納骨堂へお参りに来て水を出しっぱなしにしていったんだよ！」

むかっ腹が立った慧海はついつい丁寧語を忘れて声を上げる。

納骨堂の入り口には花鋏と雑巾を備えた小さな水場があり、だいたいの人は綺麗に使うし蛇口を閉め忘れたりもしない。

だが先日お参りに来た池田は水場に花の茎を散らかしていったばかりか、蛇口を閉めてもいかなかった。

時間を決めて照明や水道の蛇口開閉の確認をする慧海も、あいにくその日は出かけていて、ほぼ半日以上にわたり水は思い切り流しっぱなしになっていたらしい。

「俺がいないのがわかってるんですから、お父さんがちゃんと見回ればなんてことなかった……ですよ。お参りの方が帰ったあとは、ちゃんと見てって前も言いましたけど」

慧海は鼻息も荒く言い放つ。

「小さい寺なのに水道光熱費がかかりすぎです。照明のスイッチオン、オフ、水道の蛇口の開閉などはこちらで気をつけるしかないんです。基本的に納骨堂においでの方は、気が向かない限り協力しないものと考えて、うちが自衛しないと駄目なんですよ」

「うーん……でも、ほら、人を信じないのは良くないからなあ……」

うそぶく父に慧海は怒りが頂点に達する。

「性善説に縋って破産したらなんにもなりません！　かえって檀家の人に迷惑をかけるじゃないですか」

「それもそうだ。おまえも大人になったなあ……たまにはいいことを言う」

「それはどうも。とにかく寺とはいえ商売。締めるところは締めますから、ご協力よろしくお願いします。住職」

慧海は手にした電気代と水道代の請求書を父に突きつけた。


「こちらがご住職の息子さんの佐久間慧海さん。ご覧のとおりご自身も僧籍に入られています。まだお若いですが幼い頃からお父さまについて学ばれていらっしゃいますので、信頼の置ける方です」

真面目さが崩れない程度のにこやかさで、柴門は連れてきた四人の客たちに慧海を紹介する。高校生の頃よりは少し身幅が出たものの、整った顔立ちは相変わらず爽やかだ。

「佐久間慧海です。松恩院の僧侶を務めております」

上品な年配の夫婦と、中年に差しかかった男、そして地味なスーツを着た女性という関係性のわからないメンバーに戸惑いながらも、慧海は客間の畳に手をついて頭を下げた。

友人に恥をかかせてはいけないと、襦袢の白襟も洗い立てに付け替え、髪もハードな整髪料を使ってひと筋の乱れもなく整えてある。

「どうぞよろしくお願いいたします」

「ほう……面と向かってなんですが、お若いのに、随分とお坊さんらしい方ですなあ……安心しますね」

「本当にね、お父さん。お若いお坊さんでジーパンなんか穿いて、お庭をお掃除していらっしゃるのを見たときは驚きましたわねぇ。ああいうのを見てしまうと、あまりありがたくない感じがしちゃって。いけないことなんだけれど、私たちぐらいになると見た目で人を判断してしまうのよね。この先の時間が少ないせいなのかしらね」

ふふっと笑う妻はお茶目でおっとりとしており、隣で頷く夫も温厚そうだ。

夫婦の会話のタイミングの良さにも、長年培ってきた関係が窺える。だがもう一組の中年の男女には明らかな距離がある。しかも女性のほうは完全に浮かない顔つきで、気が進まないでここにいるのは明らかだ。

ちらっと柴門に視線を送って間を取り持つように促す。

「慧海先生は高校の同級生なんですが、その頃から大変真面目で清らかで、私とは全然違いました。自信を持ってご紹介できる人です」

にこやかな笑顔で爽やかに柴門は沈黙の間を埋める。

「こちらは須藤善治（すどうよしはる）さまと奥さまの美津恵（みつえ）さま。そしてご子息の隆一（りゅういち）さまと婚約者の松田（まつだ）

佐織里さま。この秋に挙式されるご予定です」

　いつもは呼び捨てで呼ぶ友人に聞き慣れない敬称をつけられて、背筋がぞくぞくするのをこらえつつ慧海はあたりさわりのない祝いを口にする。

「それは……おめでとうございます」

　仏式の婚礼ももちろんあるが、まさか檀家でもない寺に頼んでこないだろう。それに結婚相談所ならどんなタイプの式にも対応する式場ぐらい押さえているはずだ。

　ますます不信が募る慧海に、柴門はにこやかな表情を崩さないまま次の爆弾を落とした。

「そこで、須藤さまはご子息の結婚祝いとして信用のおける納骨堂をお探しなのです」

　はぁ？　と反射的に言わなかったのは修行の成果なのか、あまりに驚いたからなのかはわからないが、感情が表に出なかったのはありがたい。

　気づかれないように呼吸を整えた慧海は、とんでもない話を持ち込んできた友人を見返した。

「少々意味がわかりかねているのですが……納骨壇をお求めなのはどなたでしょうか？」

「もちろん私と家内ですよ、佐久間さん」

　笑顔で二人のやり取りを聞いていた須藤が穏やかに口を挟む。

「隆一は今年四十一になりましてね、もうご縁がないのかと案じておりました。ですが柴門さんのおかげでようやく結婚が決まって、家内ともどもほっとしました」

　隣で美津恵が深く頷くところをみると、よほど息子の結婚に頭を悩ませていたらしい。

母の隣で背中を丸めて座る隆一は、着ているジャケットは高そうだが、中肉中背のごく一般的な日本人で印象が薄い。確かに女性にもてるタイプではないだろう。だが父親似の穏やかな雰囲気は女性に敬遠されるような不潔感も威圧感もない。むしろ長く添うならあまり色あせがしない、こういう男性のほうがいいような気がするが、適齢期の女性が必要条件とするのはそれではないのだろう。

雄鶏も鶏冠（とさか）が立派なほうがもてると聞くし、自然界というのは厳しいものだ——心の中だけで慧海はそう呟く。

「今は結婚を望まない人も多いと聞きますが、私は昔の人間ですから、そのような進んだ考え方にあまり賛成できません。家族である私も家内も、やがてはいなくなります。隆一は兄弟もおりませんからいざというとき、連れ合いもないのではどれほど寂しいかとそればかり……今回隆一の結婚が決まり、家内と二人、安心してあの世に往けます」

「本当にお父さんの言うとおり。やっとこれからのことを考えられるようになりました。なるべく身の回りの始末はつけて、お嫁に来てくれる佐織里さんにも迷惑にならないようにと主人と相談しましたの。結婚祝いと言うとおかしいのですが、主人と入るお墓もちゃーんと用意しておきたいと思いましたのよ」

美津恵が感極まったように俯いて口元を押さえる。

柴門が素早く白いハンカチを差し出し、理解ありげな温かい眼差しを向けてから慧海のほうへ向き直る。

「そういうわけで、須藤さまご夫妻は墓所をお探しなのです。条件をお聞きしましたら、こちらの納骨堂がぴったりだと思い、今回ご紹介したという次第なのです、慧海先生」

「……はぁ……なるほど……」

我ながら間が抜けた返事になる。

普通子どもが結婚するとなれば、ときには一緒に旅行や食事をしようとか、もしかしたら孫が生まれるかもしれないなどと、前向きなことを考えるものだが、この夫婦は違うようだ。

言葉遣いも身なりも教養が感じられ、経済的余裕もありそうだが、人生を楽しむ気持ちは薄いらしい。

長く続いた息子への心配が解消されたとたん、次の心配を作り出したのか。

世の中には常に心配事を探す人がいる。そうかと思えば、少しは悩んだほうがいいと思うぐらい何も気にしない人もいる。

どちらがいいとも悪いとも決められないが、何も言わない息子とその婚約者を前にしてみれば、この件に関しては先走りに思えてならない。

先ほどから一言も口を挟まない二人の内心を慧海は推し量る。

四十過ぎまで独身だった隆一は親に逆らわないのを処世術にしてしまっているのかもしれないが、佐織里はそうはいかないはずだ。

結婚と同時に将来の墓守をがっちりと託されたようなものだ。

二人の生活基盤もできていないうちから、融通が利かないことが増えるのは望ましくないことぐらい、独身の慧海にだって簡単にわかる。せっかく決まった息子の結婚に水を差すようなことはやめたほうがいい。

「隆一さんと、松田さんはどうお考えなのでしょうか？」

すっかり乗り気の須藤夫妻をかわすように、慧海は身体ごと二人のほうを向いた。

俯き加減の隆一はびくっと顔を上げ、水を向けられた佐織里の頬にほっとしたような色が浮かぶ。

「あ……私は……」

隆一の声が意味をなす前に父親が言葉を被せてきた。

「私と家内が入るものなので、私たちが気に入ればいいのです」

「ええ、金銭的な負担を息子たちにかけるつもりはありませんからね、お父さん」

仲がいいのは結構なことだし、用意周到なのも美点と言える。だが、成人した息子の意思をないがしろにするのはいかがなものか。

ひとり息子ということは、よほどのことがない限り須藤たちの墓を隆一は継がなければならない。有り体に言えば、新婚夫婦は自分たちの家より先に入る墓が決まっていることになる。どうでもいいようなことではない。

隆一がここまで縁遠かった理由は両親の優しい無神経さにあるのではないかと勘繰ってしまう。

　このまま話を進めることに慧海はためらいながら、神妙な顔で控えている柴門をちらりと窺った。視線を感じたらしく柴門が爽やかな笑みで、再び間を取り持ちにかかる。

「とりあえず、納骨堂を見せていただいたらどうでしょうか？　何事も実際に見てみなくてはわかりませんから」

　その一言で慧海は須藤夫妻たち四人と、もっともらしい顔をした柴門を従えて、松恩院地下にある納骨堂へと案内した。

　納骨堂は地下特有のひんやりとした湿り気を帯び、染みこんだ線香の匂いがほのかに香る。だが、松恩院住職の成朋が毎朝掃除に余念がないおかげで、背筋が伸びるような静謐(せいひつ)な雰囲気が漂っている。

　一目で手入れの良さがわかる様子に須藤夫妻の顔が綻(ほころ)んだ。

「いい雰囲気ね、お父さん」

「そうだな、落ち着きがある」

　満足そうに視線をかわす須藤夫妻に、慧海は気の進まないままに納骨堂を設けた理由や、管理方法、そして決して安いとは言えない必要経費を説明する。

　なるほど、と頷きながら聞いていた須藤夫妻は金額を聞いても動じない。むしろ隆一の背後に隠れるようにしていた佐織里が息を呑むのが聞こえた。

　何も聞かなくても彼女の気持ちはわかる気がする。

　そんな大金を使うなら茶碗とか箸とかちょっとしたものでいいから、新生活に役立つものが欲しい。そう思っているに違いない。

　だが須藤夫妻の人の良さは空気の読めなさとして発揮される。今すぐにでも成約しそうな勢いで話が進むのを慧海はやんわりと止めた。

「気に入っていただけたのは本当にありがたいことですが、一生のことです。皆さんでお話し合いも必要でしょうし、ゆっくりお考えになってはいかがですか」

　寺も商売。契約してくれるならこんな結構なことはないが、言わずにはいられない。曲がりなりにも慧海は僧侶だ。悩んでいる人間がいるとわかっていながら、見て見ぬ振りはできない。

「いえいえ、こういうことは何事もタイミングです。迷っている間に空きがなくなってしまうかもしれません」

　ほとんどが契約済みなのを見て、須藤は心配そうな表情を隠さない。長年夫唱婦随できたらしい美津恵も、夫の不安が伝染したように顔を曇らせた。

「ご縁があれば大丈夫です」

　根拠も理由もないままそう請け合い、慧海は僧侶らしくゆったりと微笑む。

「ここが須藤さまの魂の場所に相応しいものならば、御仏が必ずお導きくださることでしょう」

　恭しい口調と、合掌をする慧海の僧侶らしい凜としたさまに、須藤夫妻が思わず頭を下げる。

隆一は相変わらず内心が読めない無表情だが、佐織里のほうは顔が少し明るくなる。問題を先送りしただけだが僅かな安堵を感じた慧海の表情に、まじめくさった柴門の目が面白そうに躍っていた。

その夜、会社帰りのスーツ姿のままで柴門は松恩院へ顔を出した。

招き入れた覚えもないのに、いつものように勝手に上がり込んできた柴門は階段下にある慧海の自室の襖（ふすま）をノックした。

「慧海、入っていい？」

「いいぞ」

「今日は、どうも」

慧海が素っ気なく返事をすると襖を開けて、いつものようににっこりと笑った。

「どうもじゃないぞ、柴門」

仏頂面を向けたが彼はまったく気にする様子もなく、コンビニのポリ袋を手に部屋に入ってきて畳に座る。年季の入った和室だが八畳もある慧海の部屋は、座る場所には困らない。

「お坊さまがそんな不機嫌な顔をしちゃ駄目だよ。笑う門には福来たるってお釈迦さまも言ってるじゃない」

「言ってない」

「そうだっけ？　まあいいじゃない。不機嫌でいいことなんてないんだから」

そう言いながらポリ袋から缶ビールと塩豆を取り出した。

「ほら、差し入れ。その格好ってことは本日の営業は終了だろう」

ポリ袋から取り出した缶ビールを手渡しながら柴門は慧海のジャージ姿を目で示す。

「皮膚感覚のジャージだとただのぐうたらにしか見えないのに……衣を着てるだけで僧侶に変身できるって得だね」

「ぐうたらに見えて悪かったな。おまえだってスーツを着てなければただのチャラ男にしか見えないくせに」

むっとしたまま言いかえした慧海は缶のプルトップを乱暴に引き上げて、ビールを一気に飲み、その勢いを借りて昼間から持ち越していた文句を口にする。

「だいたいあれこれおまえに言われたくない。おまえの会社は結婚相手だけじゃなくて、墓まで斡旋するのか？」

口についた泡を拭いながら、慧海は柴門を睨んだ。

「するよ。結婚に関することなら、結婚相談所リースグリーンは、ゆりかごから墓場までがモットー。お客さんの希望はできる限り聞くのが、当社の方針」

なんら悪びれることなく、柴門は塩豆の袋をがさがさと開けた。

「たとえば玉の輿に乗ってどんな豪邸に住もうと、セレブな暮らしをしようと、行き着く先は墓の中と思えば、結婚相談所が依頼を受けてもおかしくないだろう。ま、いまどきは散骨とか納骨しないとかいろいろ選択肢はあるけれど、須藤さん夫婦は息子夫婦を煩わせないような墓を用意したいと言うから相談に乗っただけだ。僕が率先して勧めたわけじゃないよ」

無造作に口の中に放り込んだ塩豆をしっかりと噛みながら、柴門はビール缶のプルトップを開けた。

「須藤さんはすっかり乗り気だったよ。せっかくノリノリの上客を連れてきたのに、縁なんてもっともらしいことを言って帰すんじゃないよ。終活が流行りとはいえ、百万単位の納骨壇がそうぽんぽん売れるものでもないだろう？」

「俺はこれでも一応、商売人である前に坊主なんだよ。いくら新米とはいえ、金の誘惑に負けない」

昼間、水道光熱費に頭を悩ませていたとは思えない力強さで慧海はたたみかける。

「だいたい墓を買うのは息子さんの結婚とは別の話だろう。あれでは墓守のために嫁をもらうみたいじゃないか。今の時代は夫と同じ墓に入りたくないっていう女性も多いのに、先走って墓なんか用意したせいで、せっかく決まった結婚が駄目になっても知らんぞ。婚約者の松田さんだっけ？　あの人は絶対に困っていた。おまえだって気がついていたくせにあくどいな」

しかめっ面で忠告する慧海に、「あくどいなんて酷いですぅ、慧海先生」と混ぜ返してから柴門は真顔に戻った。

「それは君の言うとおりだよ、慧海」

ビールをちびちびと飲みながら柴門は静かな声で言う。

高校時代から柴門は自分を「僕」、慧海を「君」と言う。慧海が僧侶になってからは「佐久間」ではなく「慧海」と呼ぶようになったが、相変わらず男性にしては柔らかで丁寧な言葉遣いだ。

最初は他人行儀だと感じたこともあったが、柴門の家庭のことを聞いてからはそうは思わなくなった。

おそらく彼が言うところの「心情的冷戦状態」の家庭の雰囲気をそれ以上ギスギスさせないために、あえてそういう話し方をするようになったのだろう。

昔から変わらない優しい口調で柴門は続ける。

「須藤夫妻は善人だよ。相談所に子どもを連れてくる本物のモンスターペアレンツから比べれば、かわいいもんだと僕は思うよ。息子も悪い人じゃない。真面目で誠実。でも結婚に対してあまりに消極的で、両親に手綱を引かれすぎるところが欠点だ。結婚相手として考えたとき、女性たちはそこに引っかかるだろうね。結婚の意志はあるんだけれど、いつも親に善意の先回りをされて、何度見合いしても撃沈なんだよね」

「女性が一番警戒するのはマザコンだって言うからな」

ところどころひび割れた塩豆を摘みながら慧海はしみじみと返す。

「でも今回のお相手のあの女性は辛抱強かった。彼女、三十六になるんだけれど、やはりそれぐらいになると女性もいい意味で腹が据わってくるっていうのかな。結婚に過度の夢を見ていない。男の価値が身長でも髪の毛でも顔でもないと気がついているんだ。言い方は悪いけど上手いこと隆一氏を操って、あの両親の介入をかわさせながらやっと結婚まで持ち込んだんだよね。だけど、結局今回もまた駄目かな……」

褒められた表現ではないが、それなりに柴門も陰で尽力したのだろう。残念さを隠せない。

「わかっているなら、墓の斡旋なんてしてないで、全力で止めろ。そっちがおまえの仕事だろう」

「いや。これがそうでもないんだ」

ビールを一口舐めて、柴門は真面目な目を向けてくる。

「息子にしても、その彼女にしても、あの善意の塊の両親を上手いこと操縦できなければ、結婚したって、早晩離婚という結果になることは九割がた間違いがない。須藤夫妻は一生あのままだろう。あの年齢まで自分がいいことをしていると信じてきた人間の価値観を変えるなど、カラスにお手を教えるより難しい」

「カラスは数なら六ぐらいまで数えられるらしいし、案外犬より頭がいいらしい。お手もできるってテレビでやっていたぞ」

「たとえばの話だ。腰を折らないでほしいんだけど」

ビールで塩豆を喉に流し込みながら、柴門は慧海を制した。

「身も蓋もない言い方をすれば、会社としては無事成婚となればそれでいいんだよ。僕も担当として肩の荷がおり、少なくない成功報酬ももらえる。けれど婚活がどれほど大変だろうと、結婚はゴールじゃない。本当の苦労があるとすれば、そこから先だ」

「……そうだな」

実感のこもった口調に、慧海は同意するしかない。

「結婚ってさ、ほとんどの場合、二人だけの問題じゃないだろう？　たとえば君の相手だったら、松恩院のお寺に相応しい落ち着きと仏教への理解がある人で、檀家さんにも好意を持ってもらえるような人が望ましい」

「俺は結婚しないって」

反射的に言い返す慧海を柴門は珍しく受け流して先を続ける。

「結局、結婚は家族を作るってことだから、話は面倒なんだよ」

「子どもを持たない夫婦もいるぞ」

「子どもがいなければ家族じゃないなんてどんな偏見だよ、慧海。僧侶の台詞とは思えない。二人だろうと三人だろうと、籍が違っていようと、性別がどうであろうと、互いが互いを大切にして、日々の暮らしを守りながら社会生活を送れば、それは家族だよ」

「そうだな。今のは俺が悪かった。すまん」

めったに他人をたしなめたりしない柴門にしては厳しい口調に、慧海は素直に詫びる。

「住職であるお父さんの教育の成果なのか、君は偏見を口にしない男だと僕は思ってる。

でもその君でさえ今みたいに、家族か家族じゃないかを見た目で判断してしまうことがあるだろう？　親と子どもがそこにいれば家族って単純に納得する……」

「……それは、違うのか？」

妙に内省的な調子で話す柴門に戸惑いながら慧海は尋ねた。

「違うよ。本当に家族として心が繋がってるかどうかなんて見た目じゃ全然わからない。僕の家なんて家族の形は取ってるけれど、だいぶずれているよ」

「柴門……」

高校のときに聞かされた柴門の家の事情を思い出して慧海は言葉に詰まる。

――それ以来我が家は冷戦状態だよ。

――表面上は普通にやってるし、親がそれでいいなら仕方がない。

――どこの家も他人には見せたくない棘を抱えてるってこと。

(柴門はやっぱり、家族と未だにうまく行っていないのか……)

友人が手放せないでいる重荷を思い、慧海の気持ちも沈んできた。

「……だから、家族になるって本当に難しいことなんだ。一朝一夕じゃどうしようもないし、家族の顔をしてたって互いを尊重できなければ、家族じゃないと僕は思う」

心のうちを少しだけ吐き出すように柴門は深い息を吐く。

「実のところ、家庭生活に向いてない人っていると思うんだ。なのに、どうして誰も彼も家族を作りたがるんだろうな……」

「結婚相談所のスタッフがそれを言っちゃおしまいだろう」

少しだけ気を取り直した様子の柴門に、慧海は明るく答える。

「まあね、ここだけの話」

慧海の気持ちを汲んだように柴門がやっと少し笑った。

「僕は結婚して家族を作りたいって聞くと、あの話を思い出すんだ」

「話？　どんな？」

「ほら、学園祭のとき踊っただろう？　上手く踊れるけれど履いたら最後、踊り続けるダンス靴の話」

「ああ、『赤い靴』な」

「そう、それ。家族でいるってそれに似てる気がする。一度家族の中に参加したら疲れても楽しそうに踊り続けなくちゃならないんだ。踊らない自由もあるのになって思うときがあるよ」

「結婚相談所のスタッフが随分悲観的な言い方だな。別に皆が人より上手く踊ろうって競ってるわけじゃないだろう？　自分なりに幸せになりたいって思ってるだけじゃないのか？」

「まあね。でも結婚をして家庭を築く醍醐味が、見た目が『いい家庭』を作ることだと考えている人も結構いるような気がする。慧海はどう思う？」

ビールの缶を手にしたまま柴門は肩をすくめた。

「うーん……他人同士が異文化をすり合わせて新しい生活様式を作る。大げさな言い方をするとそこに新しい文化が生まれる。四大文明みたいに歴史には残らないけれど、人は誰でも小さな文明を生み出せるっていうか、それが自分だけの家族を作る醍醐味じゃないのか？　そのためには多少の我慢は当然だと思うけど」

「なるほど、さすが慧海先生、いいことを言う。うちで講演してほしいぐらいだ」

からかう口調でも、変わらない友人の目の真剣さに、慧海は少したじろぐ。

「でもね、どうしてもすり合わせられないことはある。男と女の間には暗くて深い落とし穴があるんだ。まったく相容れられない違いは存在する。こう言ってはなんだけれど、端から結婚しようとしない君にはわからない」

口調は静かだったが、その声の底に投げやりな絶望感が滲んだ気がして慧海は背筋がぞくっとした。

普段はまったく感じさせない柴門の心の傷が垣間見えた気がして、慧海は言葉に詰まった。それを感じとったらしく彼は口元を弛ませる。

「というわけで、一度結婚してみたらどう？　慧海。お経を読んでいるより修行になるよ。リースグリーンに入会してくれれば僕が格安料金で担当する。こう見えても僕は結構モンスタークライアントに強い。常識人の君なんて朝飯前だ」

「遠慮しておく。これ以上煩悩を増やしたくないからな」

友人の軽口に合わせるように答えた慧海は、合掌して深々と一礼をした。

雑巾を絞った弾みでぎっくり腰になった父に代わり、慧海は納骨堂の掃除を始める。

納骨壇の観音扉を開き、父と同じように仏具を避けながら雑巾でから拭きをかけた。

「難しいかも……」

朝の勤行を自分に任せ、暢気に掃除にかまけて父が楽をしていると思うこともあったが、小さな空間の中に仏具や瓔珞が配置されている納骨壇の扱いは、細心の注意と集中力が必要だった。

毎日これだけの数の納骨壇を楽しげに磨き上げている父にはまだまだ敵わない。

自然に眉間に寄る皺をときどき指で伸ばしながら、慧海は慎重にはたきをかけて、雑巾がけをする。

「次は……佐藤さん……ちゃんと閉めないとまた源治郎さんが出てきちゃうな……」

成仏していない霊体は源治郎だけではない。他にもふわんふわんと納骨堂を彷徨う霊体はいるが、四十九日や一周忌を境に成仏するのか、いつの間にか消えているのが普通だ。あれほどはっきりと見えて、こちらと意思を通じ合わせようとまでする霊体は源治郎が初めてだ。

（源治郎さんはこの世にどんな未練があるのかな……いつも楽しそうで機嫌が良さそうな

んだけど、人ってわかんないもんだよな……さて、そっとやろう、そっと……だ……）

　家名を確認しながら慧海は扉を開け、手にしていた小さな羽根ばたきで軽く埃を払う。

　瓔珞の揺れが止まるのを待って、雑巾をかけようとしたとき、背後からためらいがちな声がした。

「あの……慧海先生……」

　聞き慣れない呼び名に驚いて振り返ると須藤隆一の婚約者、松田佐織里だった。

「こんなに朝早くにすみません。少しでも早くお話ししたくて来てしまいました。お時間をいただいてもよろしいでしょうか」

　昨日の今日、早々にやってきたということはよほど切羽詰まっているのだろう。慧海にしても佐織里のことは気になっていた。もし助けが必要ならばできる限りの相談には乗ってやるのが僧侶としての義務だ。

　安心させるように微笑んだ慧海は掃除の手を止めて佐織里を客間に案内した。

　正座した膝にハンカチをかけてから湯飲みを取る一連の動作は丁寧だがきびきびとしている。常識と礼儀を年相応に備えた品のいい仕草に、慧海は好感を抱いた。

「どういったご用件でしょうか？」

　さっきまでの緊張した様子が少し解れたのを見て、慧海は水を向けた。

「はい。昨日の納骨壇の件です」

佐織里ははっきりとそう言いながら、案外鋭い視線で慧海を見つめる。

染めていないショートカットに、グレーのスカートという地味ないでたちは温和しそうに見えるが中身はしっかりした芯がありそうだ。

――彼女、三十六になるんだけれど、やはりそれぐらいになると女性もいい意味で腹が据わってくるっていうのかな。

柴門の人を見る目は当たっているようだ。たぶんこれぐらいしっかりして、かつ控えめなタイプならば気弱な隆一といい組み合わせで、彼の両親ともやっていけると考えて引き合わせたのだろう。

――息子にしても、その彼女にしても、あの善意の塊の両親を上手いこと操縦できなければ、結婚したって、早晩離婚という結果になることは九割がた間違いがない。

彼の言葉を思い出しながら慧海は視線で先を促す。

「須藤さんご夫妻に、納骨壇を売らないでいただくことはできませんか？」

不躾とも言える頼みだったが、彼女の顔に浮かぶ必死さのせいか不思議と嫌な感じはなかった。

「それはしかとした理由があれば構いません。ですが、もしこちらでお断りしても須藤さんは、他に適当な場所を探すのではないでしょうか」

慧海の言葉に佐織里は俯いた。

（あれ？　何？）

頭を下げた佐織里の後ろにぼんやりと人の顔らしきものが浮かんで、慧海はたじろぐ。

だんだんとその輪郭がはっきりして佐藤源治郎の顔だとわかり、同時に掃除の途中で扉を閉め忘れていたことに気がついた。

自分の失敗にうんざりしつつも源治郎の霊をあえて無視して、慧海は佐織里に集中する。

「ええ、そうだと思います。ですから慧海先生に、お墓は生前に買わないほうがいい……とそれとなく言ってもらいたいんです。縁起が悪いとかそういうことをお坊さまに直接言っていただければ、きっと隆一さんのご両親も信じると思うんです」

「縁起という言葉は確かに仏教の考え方からきておりますが、松田さんのおっしゃる迷信のような縁起とは違います」

ふわふわと漂う源治郎に散りそうになる気持ちを抑えて、慧海は答える。

縁起が悪いとかいいとかいうもっともらしいまやかしで、どれほどの人間が右往左往させられているかを思い、ついつい声に力がこもる。

「それに、生前に墓を用意することは悪いことではありません。自分が納まる場所を決めることで心の平穏を得る方もいらっしゃいます」

「それはわかっています！」

不意に顔を上げ、佐織里は大きな声を出した。

厚みのない源治郎がぺらぺらと揺れるのが目の端に入り、気になって仕方がない。自分にしか見えないとわかっていても、落ち着かないこと甚だしい。

だが慧海の視線が揺れたのを誤解したらしく、佐織里は再び項垂(うなだ)れた。

「大声を出してすみません。筋違いなお願いなのはわかっているんです」

目の前にある乱れた旋毛(つむじ)が無防備で慰めたくなるが、ちょうどその辺りを漂っている源治郎に知らず知らずのうちに眉根が寄る。

(源治郎さん……席を外してくださいよ)

声に出さずに慧海は源治郎の霊に念を送った。

だが半透明の源治郎は慧海のほうではなく、ゆっくりと頭を上げた佐織里の左胸の辺りをじっと見ている。

(霊になっても色欲というのは抜けないのか)

男の性(さが)にげんなりしつつ慧海は源治郎をやり過ごして、佐織里と向き合う。

「一僧侶として誰かを騙すようなことは言えませんが、松田さんのお気持ちはわからなくはありません。ご子息の結婚と墓の購入はまったく別のものです。それならばそれで、今のお気持ちを、隆一さんにお話しすればいいのではありませんか？　筋道を立てて伝えればわかってもらえると思います」

「……隆一さんはなるべくご両親の気持ちを尊重したいと思っているはずです。誰に対しても揉め事の嫌いな人なんです。優柔不断に見えても、その優しさが彼の一番の長所だと思っています。いい年をしてすぐ人と揉める人では、穏やかな家庭は作れません」

その件に関して佐織里は自分の判断に自信があるらしくきっぱりと言った。

「それに隆一さんのご両親は、永代供養の手続きもしておくし、自分たちが入るからといってその墓を継ぐことはないと、そう言ってくださってます」

声が徐々にため息のように細くなる。

「息子の結婚が決まったから墓を買うという発想には、正直驚きました。もしかしたら隆一さんが結婚する寂しさを紛らわすためにあれこれ考えてしまうのかもしれません。ですが、いざというときにはお金がかかるから、できる限りの準備はしておくと言われれば、隆一さんも私もそれを駄目だという理由なんてありません」

確かにいざ葬儀だ、納骨だとなれば、人並みのことをするのにどれほど金がかかるか、知らない人が多い。祝い事のあれこれを話し合うことはいいが、弔事のことを思案するのは誰もがためらう。

自分たちの終幕をあえて準備する須藤夫妻はある意味進歩的であり、柔軟なのかもしれない。

「私があれこれ言えば、隆一さんはきっと気を悪くすると思います。婚約したといってもまだまだ他人です。今が大切なときなので、喧嘩をしたくありません……。喧嘩するほど仲がいいなんて私は嘘だと思っていますから」

まっすぐに慧海を見つめてきた佐織里の左肩の辺りに漂っている源治郎から、慧海は目を逸らす。

「あなたに迷惑がかかるわけでもなく、お金の問題もない。要は松田さん個人の気持ちの問題でということでしょう。認めるにしても認めないにしても、それはご自分で解決することだと思いますよ」

遠回しな言い方をしなかったのは佐織里のしっかりした気性を尊重してのことだ。

慧海の言葉に佐織里は視線を落として考え込んだ。

相変わらずその胸の辺りを見ていた源治郎が不意にこちらを向く。

ふっくらした耳の辺りから背後の掛け軸が透けて見えて、耳なし芳一を思わせるが、源治郎は真剣な顔で慧海と視線を合わせる。

(なんですかね？　源治郎さん。妙に深刻な顔しちゃって……)

目で尋ねると源治郎が両手でふわふわと円らしきものを描く。

(丸？　丸ってなんだ？　……)

半ば透けた霊体の動きが見えるだけで、会話をすることもできない自分の中途半端な能力にいらいらしながら、源治郎の仕草の意味を考える。

察しの悪い慧海に焦れた源治郎が顔をしかめながら、佐織里の胸元と自分の顔を交互に指さす。

(煩悩丸出しなことをするんじゃないよ)

きっと源治郎を睨んだとき、佐織里が顔を上げた。

「お墓からは成仏できない霊が出てくるんです。お墓なんて意味がありません。私はもしものときは海に散骨してもらいたい。お墓に入ってからも、この世に彷徨い出て、人に迷惑をかけるなんてまっぴらです！　……でもそんなことは誰にもわかってもらえませんよね」

「え――っ？」

まさか源治郎が見えたのかと思い、慧海は素っ頓狂な声を上げて仰け反り正座が崩れた。

「やっぱりお坊さまでも、私の言っていることはおかしいと思いますよね……」

半分尻餅をついた慧海に、佐織里が哀しい顔をする。

彼女の肩の辺りで源治郎が必死な顔で、佐織里の胸の辺りを指さしてから両手の甲を見せるようにぶらんとした。

（幽霊が幽霊のポーズをしてどうするんだ……）

ここまで引っかき回されると、さすがにいまいましい。誰もが勝手な言い分を振り回すことに腹が立ち、座り直した慧海は決然と佐織里を見据えた。

「もう少しわかるように話してもらえませんか。あなたは墓から出てくる霊に悩まされているということですか？」

源治郎が盛んに目配せするのを無視して慧海は佐織里の答えを待った。

「何から説明したらいいんでしょうか……」

唇を湿した佐織里は考えをまとめるようにゆっくりと話し始めた。

「私には母方の曽祖父が三人います。母の父方にひとり、そして母の母方に法華津洋一と法華津祐二という曽祖父が二人です」

母の母方の曽祖父というと、佐織里の祖母の父親。それが二人とはどういうことだろう。頭の中で間違えないように系図を書きながら慧海は頷いた。

つまり曽祖母が再婚したということなのだろうが、同姓というのが引っかかる。慧海の疑問に答えるように佐織里は先を続ける。

「二人の曽祖父は兄弟です」

「それで同じ名字なんですね。どちらかが若くしてお亡くなりになったということでしょうか？」

佐織里の曽祖父というと、まさに戦中戦後の時代を生きた人だ。苦しい生活環境で、早く亡くなる人も多かったはずだ。

慧海も本で読んだり、寺にくる年配者から聞いたりしただけだが、当時は亡くなった夫の兄弟や親戚と再婚することは、それほど珍しいことではなかったようだ。

「はい。兄に当たる洋一さんが戦死したので、妻だった文恵さんが夫の弟の祐二さんと再婚したそうです。私の祖母の芳恵は、この戦死した洋一さんと文恵さんの娘です。祐二さんとの間には祖母の弟に当たる息子がいますが、交流はなかったそうです」

佐織里は僅かに顔を曇らせた。

「私自身は当然曽祖父と会ったことはありませんが、あまり仲のいい両親ではなかったと、祖母が晩年に言っていました。祖母が弟と疎遠になっていたのもそのせいだと思います」

では文恵という女性は気の進まぬ再婚をしたのだろうか。幼い娘を抱えた身では、周囲の勧めに従うしかなかったのかもしれない。

慧海は口に出さずに納得できる理由を考えた。

「私が曽祖母と二人の曽祖父の話を、きちんと聞いたのは高校生のときです。いつもお参りに行く霊園に、法華津という墓がもう一つあるのに気がついたのがきっかけでした。家紋が同じだったのと、何よりめったにある名字ではないので、法華津の親戚ではないかと思ったんです」

当時のことを思い出すように佐織里は視線を遠くに流す。

それを見守る源治郎がふわふわとしながらしきりにこちらに目配せをする。

（……なんですか？　源治郎さん。とにかくじっとしていてください）

しかめっ面で源治郎を威嚇しつつ、慧海は佐織里の話を待った。

「一緒にいた祖母と両親をその墓に引っ張っていきました。祖母はとても動揺していましたが、それが逆に、知り合いの墓だという証拠になってしまったんです。祖母の気持ちを忖度できず、好奇心が勝っていた私は、墓誌に刻まれた『法華津洋一』という人についてしつこく尋ねました」

聞いたことを後悔するように佐織里は少し肩を落とす。

相変わらず源治郎は佐織里の胸元を見つめながら、ときどきこちらをちらちらと見ている。

「祖母が重い口を開いて話してくれたのは洋一さんという人が、自分の母、つまり私の曽祖母の最初の夫で、祖母の本当の父だということです。曽祖父と私が教えられていたのは、二度目の夫の祐二さんでしたからとても驚きました」

「そうでしたか……戦前戦後の混乱期のことはあまり楽しい話題ではなく、話したくなかったのかもしれませんね」

「まさにそうなんです」

佐織里は助かったという調子で声を大きくし、身を乗り出した。

「曽祖母の文恵さんのお腹に祖母がいたとき、洋一さんに召集令状が来て、前線に出兵したそうです」

「それは……お気の毒に……」

思わずその言葉が口をつくと、源治郎が深く頷くのが見える。

そういえば佐藤源治郎は、佐織里の曽祖父よりあとの世代になるだろうが戦争を経験している。身を以て辛い経験をしたのだろう。

とはいえ、話に交じるのは勘弁してほしい——源治郎の感慨に慧海は気づかない振りをした。

「酷い時代ですよね。無事に祖母は生まれましたが、洋一さんの戦死公報が届きました」

さすがに重たい話に慧海は息をつくことしかできず、源治郎は自分が手を合わせられる立場にありながら手を合わせている。

「我が子の顔を見ることもできずに他国で戦死した息子に、両親の嘆きは大変なものだったそうです。遺骨もありませんでしたが、せめてものつもりで法華津家の墓を建て、墓誌に名前と法名を入れ、形見として届けられた背嚢（はいのう）を納めた――祖母はそう教えてくれました」

松恩院のような新しい納骨堂にはそのような例はないが、本山に行けばいくらでもあるだろう。墓は死者が眠る場所というだけではなく、生者が死者に何かをして安心する場所でもあるのだ。

今さらながら納骨堂を守ることの意義を考えさせられる。

「乳飲み子を抱えた文恵さんは、周囲の勧めに従って弟の祐二さんと再婚し、法華津家の嫁を続けました。私には理解に苦しむようなことですが、それで皆が納得するような時代だったと祖母は言っていました。そのまま何もなければ、内々の秘密として消え去っていく出来事だったはずです。けれど数年後、洋一さんが生きて戻ってきたことで問題が起きてしまいました」

気の利いた言葉が急には思いつかずに慧海は無駄に瞬きを繰り返し、源治郎は顔をしかめて首を横に振った。

「……でも、生きて戻ってきたのですから、やはり喜ばれたのではないですか？」

「もう少し早ければそうだったのかもしれません。ですがそのときにはもう洋一さんの両親は他界し、祐二さんが実家の商売を継いでいました。妻だった女性は弟の嫁になり、祖母は祐二さんが父だと思っている。周囲の人は幽霊を見たように遠巻きにする……しかも自分の墓までである。洋一さんには辛いことばかりでした」

物事は何事も縁があり、それを逃すと全てが悪い方向に回っていくのは、思い込みとは言い切れないときもある。聞いているだけなのに気が重くなる。

「墓誌の法名にはとりあえず朱を入れて生存の形を取ったものの、それで洋一さんの人生が戻ってくるわけではありません。妻は義妹でしかなく、実の子に父と名乗ることもできず、実家の商売を切り盛りする権利もない。生きながら幽霊のようになった己に苛立つ洋一さんに、祐二さんは『兄さんが死んだと思っていたんだから仕方がない……』と言ったそうです」

「……仕方がない……なんだか切ないですね」

ため息と一緒に慧海は吐き出す。

祐二にすればそう言うしかなかったのだろうが、洋一には酷く冷たく聞こえたことは想像に難くない。

けれどなんと言えば一番良かったのかはわからない。ただその言葉は、誰かが自分を待っていると信じて死線を乗り越えてきた洋一の心に突き刺さったことだけはわかる。

慧海の感慨を読み取ったように、佐織里は共感の表情を浮かべて先を続けた。

「祐二さんにそう言われた数日後、ふらりと家を出た洋一さんは自分の墓の前で手首を切って自死しました。遺書には『私の家はもうこの墓しかない。私が自分の家に帰れば全て丸く収まる』と、そう書いてあったそうです」

慧海と同じように息を詰めたらしい源治郎がいっそう透き通った。

誰も悪くないのに、誰もが罪悪感を抱いてしまう顚末だった。

「高校生の私にはとても衝撃的な話でした。今となれば祐二さんや文恵さんたちの気持ちもわかりますが、当時の私は正しいことは一つしかないと思っているような、浅薄な青臭い女子高生で、洋一さんにとても同情したのです」

「若いときは皆そうです。私もそうでした」

若さというのは是か非かしかないのは、好きだった子に頑なな態度を取った自分を省みてもよくわかる。

源治郎も同じような経験があるのか、大黒天のような顔でうんうんと頷いている。

佐織里もうっすらと微笑んだ。

「そんなふうに亡くなった洋一さんの墓は忌みものとされて、そのあと誰も入ることがなかったそうです。祐二さんは自分の両親の墓を別に建てて遺骨を移したそうです。私がいつも連れて行かれていたのはそちらのほうでした」

「どんなことがあっても墓は忌むものではありません。ご事情はわかりますが、誰も洋一さんのお墓に参らなかったのは哀しいことに思えてしまいます」

「私もそう思ったんです。その存在さえ無視されている洋一さんという人を、ひ孫の自分だけはわかってあげようと傲慢なことを考えました。親戚中を回ってこっそり写真を探したり、手紙を探したり、洋一さんの生前の趣味や好物を聞きだしました。そして命日はお花と好きだったというお菓子を持って、ひとりでお墓参りに行きました。もっとも親にも内緒だったので、数珠も持たず読経もしてもらわずに、手を合わせただけでしたが」

「形など些細なことですし、死者を悼むことはどんな理由であれ悪いことではありません。気持ちさえあれば充分です」

「でも、私はそれで寝ていた人を起こしてしまったのです」

目に怯えが走り、膝の上に置いた手が微かに震える。

源治郎がまた慧海に目で合図をしながら、ふわふわと丸のようなものを描く。

(いったいなんだ？　その手踊りになんの意味があるんだ)

話が佳境に入っているのに、意味ありげな仕草をする源治郎にともすれば気が取られそうになりながら、慧海は問いかける。

「何があったのですか？」

「夢の中に洋一さんが出てくるようになったんです」

ぞわっとしたように一瞬彼女は身体を震わせた。

「亡くなったときに着ていたらしい絣の着物で、裾は血でべっとりと汚れています。いつもその姿で私の夢の中に出てきて、私に何かをしてほしいような、とても哀しげな顔をするんです」

気丈に振る舞っていた佐織里は気力がつきたように、顔を覆って涙声になった。

「それからは一度もお墓に行かず、探し持っていた写真でお祓いみたいなこともしてもらいました。けれど洋一さんがいなくなることはありません……あれ以来、いつも胸が苦しいんです。私が何もできないのを、洋一さんは責めているのかもしれませんが、どうしたらいいのかわかりません」

覆っていた手を離し、唇をわななかせた佐織里は左胸を押さえて顔を歪めた。

「結局お墓なんて人を閉じ込めるものです。死者が生き返ったら困ると思って、封印するものなんです――絶対に生きている間に用意するものじゃありません。洋一さんは生きているのにお墓に閉じ込められて、今でも幸せになれないんです！　私、お墓なんて大嫌いです！」

俯いてすすり泣く佐織里を慰める言葉など、慧海には思いつかなかった。

救いを求めるように見た源治郎が手をだらりと垂らし、誰でもわかる幽霊のポーズをする。

（また……何を……あ……？）

何度も佐織里の胸元を見ては同じ格好をする源治郎に、慧海はやっと彼の真意に気がつく。

（もしかして、洋一さんの霊がくっついているとかか？）

慧海が佐織里の胸の辺りを見てから人魂らしき形を指で描き、源治郎を見ると彼は勢いよく頷いて、その弾みで一回転した。

源治郎には最初から佐織里についている霊が見えて、それを教えてくれようとしたに違いない。

おそらくこの寺に関係のない霊だから、慧海程度の能力では何もわからなかったのだろう。佐織里が須藤と結婚をし、義父母がここの納骨壇を購入すればもしかしたら見えるようになるかもしれないが、今は気配も感じられない。

(なるほど、源治郎さんには他のところから来た霊も見えるのか……でも、どうやったら洋一さんの霊にあるべき場所へ帰ってもらえるんだろうか……)

そこまで教えてほしいと思いながら、慧海は知恵を絞る。

源治郎の場合は納骨壇の扉を開けていると自在に出入りする。ということは、洋一の墓も何かそういう出入り口があるのではないだろうか。

洋一にとって墓が居心地の悪いものだということがあるのかもしれない。これも何かの縁と思えば、自分にできることがありそうな気がする。

とにかく洋一が眠るはずの墓に行ってみるしかない。

そう考えた慧海は、やっと泣き止んだ佐織里に、法華津洋一の墓参りを提案した。

4

佐織里の曽祖父の墓参りに婚約者の隆一が同伴するのはわかるが、柴門に引率された須藤夫妻までくっついてきたのは慧海の理解を超えている。

五月晴れの空の下、郊外の霊園は緑が爽やかだが、慧海の気持ちはもやもやしている。

まあ素敵、とか、こんなところもいいな、などとご機嫌な須藤夫妻を横目に、慧海は柴門を小声で咎める。

「どうして須藤夫妻まで一緒なんだ。今日はそういう話じゃないって言ってあっただろう」

佐織里の話をかいつまんで話したとき、慧海の異能を知っている柴門は、あっさりと受け入れた。

墓参りに行くことも積極的に賛成をしてくれたのはいいが、まさか隆一の両親まで連れてくるとは思わなかった。

「息子が手を離れた今、墓がマイブームなんだよ。誰でも生き甲斐は必要だと思わないか？　それに支障がない限り未来の両親を大切にするのが結婚生活を上手く回す秘訣なんだよ」

にこやかなまま柴門は言い返してくる。

柴門がそうくるなら、源治郎の霊体を連れてくれば良かった。源治郎はとてもついて来たそうだったが、松恩院の敷地外に出るのは危険だと判断し、しっかりと納骨壇を閉めてきたことを慧海は少しだけ後悔する。

（まったく、もう……なんで俺がこんなことに関わることになったんだ？　考えても仕方がないけど……これも修行か）

いろいろと諦めながら慧海は佐織里に導かれて、法華津家の墓の前に立った。

手桶に水を用意してきた佐織里は墓石に水をかけて、手際よく掃除をする。

「まあ、立派な墓石。いつ頃のものなの？」

「松田さんのひいお祖父さんのものなので、それなりの由緒があるはずです。お墓は魂が眠る場所ですから、ここは静かにお参りいたしましょう」

無邪気さが無遠慮になる須藤の妻の美津恵を、角が立たないように柴門はなだめる。

結婚相談所のスタッフとして数々のモンスターと対峙してきただけのことはある。

須藤夫妻の相手は柴門に任せ、慧海は墓誌に刻まれた「法華津洋一」の名前と法名を辿る。

この名前を刻むとき、洋一の両親は何を思ったのか。親が子どものために墓を建てる切なさに胸が苦しくなる。

洋一は初めてこれを見たとき、どう感じただろう。

生きているのに墓に葬られた自分を哀れんだか。それともそうしなければならなかった親の思いに泣いたか。誤報を届けられたことに怒りを感じたか。自分を裏切った妻を憎んだか。乳飲み子を抱えて夫を失ったと信じた妻に詫びたか。

おそらくいろいろな思いがあったはずだ。

けれどもう解放されてもいいのではないか。

「今日は佐織里さんの曽祖父に当たる法華津洋一さんのお墓参りにきました。皆さん、洋一さんを思って手を合わせてください」

佐織里から大まかな理由を聞いているらしい隆一は頷いて数珠を手にし、両親もそれに倣う。

柴門が神妙な顔で手を合わせ、皆の準備が整ったとき、慧海は墓誌の小さな汚れに気がついた。

屈み込んで確かめると、洋一の法名の下半分に小さな赤い滴がこびりついてた。

（生存が判明したときに入れた朱墨か……いや、血？　……）

まさか洋一がここで自死したときの返り血ということはあるだろうか？

（そんな馬鹿な。何十年も前の話だぞ……たとえ残ったとしても風雨にさらされて消えるはずだ）

だが赤黒い滴はまがまがしく法名の下半分にこびりついていた。

――夢の中に洋一さんが出てくる……亡くなったときに着ていたらしい絣の着物で、裾は血でべっとりと汚れています。

佐織里の恐ろしげな表情と言葉が浮かんできた慧海は、不意に何かがわかったような気がして、読経を待っている一同を振り返った。

「まだ墓誌が汚れています。綺麗にしてあげてください」

「あ……はい」

慌てて数珠をバッグに入れた佐織里が手桶を持って水場に向かうのを、隆一が追いかけて手桶を受け取る。思ったよりも気の利く隆一の様子は、二人はいい夫婦になるのかもしれないと、見ている者に思わせた。

戻ってきた佐織里が墓誌に水をかけると、隆一は小さな歯ブラシで刻まれている文字を丁寧に擦る。

「その歯ブラシ、どこにあったのですか?」

「墓掃除のときに役に立つことがあるので自宅から持ってきたんです。墓石の隅や刻まれた文字のゴミを取るのに都合がいいんです」

興味深そうに尋ねる柴門に隆一が手を止めずに答える。

一見目端が利く感じはなく、茫洋と見える隆一だが、ちゃんと年の功はあるらしい。

――優柔不断に見えても、その優しさが彼の一番の長所だと思っています。

佐織里はしっかりとその辺りを見抜いていた。やはり女性も年の功なりの判断力がつくらしい。

ワイシャツの袖を捲って、一所懸命に墓誌を掃除している隆一と佐織里は既に夫婦のように息が合っていた。

「いいですね。実のところ、結婚式の華やかなケーキ入刀よりも祖先が眠る墓所の掃除は共同作業として相応しいと、僕は思っています」

柴門が神妙な口調で言う。

「そうなの?」

知らなかったわ、と無邪気に驚く美津恵に柴門はにこやかな顔を向ける。

「僕の知っているご夫婦は婚約中に互いの家の墓参りをしたそうですが、二十年経った今でもラブラブです」

そんな話は一度も聞いたこともないし、だいたい二十年前の柴門はまだ就学前だろう。いい加減なことをもっともらしい顔で言う友人に呆れながらも、彼の仕事の邪魔をするつもりはない慧海は、口を挟まない。

「結婚は周囲との関係が何より大切です。やはりお互いの家族の歴史を大切にするご夫婦はいい家庭を築かれますよ」

本当に柴門がそう考えているかは別にして、言っていることは一理あると慧海が思ったとき、美津恵が「そうよね！」と嬉しそうな声を上げた。

「やっぱり私たちも早く納骨壇を用意しましょうよ。お父さん」

満面の笑みで美津恵が夫の腕に手をかける。

「こうやって隆一さんと佐織里さんに私たちの納骨壇をお掃除してもらえるって考えると、心がじんとするわねえ」

「そうだな」

顔を見合わせて微笑む須藤夫妻の空気の読めなさに、慧海はさすがにうんざりする。視線だけで連れてきた柴門を責めると、彼も今度ばかりは申し訳なさそうな顔をした。

すると、もくもくと墓誌を掃除していた隆一がきっぱりとした声で母親をたしなめた。

「いい加減にしてください、お母さん。今日は須藤家の納骨壇の件とは関係なく、佐織里さんのご親戚の供養に来ているんです。自分の話ばかりするのは失礼です。お父さんもちゃんと止めてください」

ゆっくりと立ち上がった隆一に、慧海だけではなく柴門も驚いたように目を見張る。

納骨堂を見学にきたときは、意見を述べるどころか、ほとんど声も出さなかった彼の言葉に誰もが黙り込む。

佐織里も戸惑った様子で婚約者を見上げている。

「前から言おうと思っていましたが、まだ結婚前の佐織里さんに、いろんな期待をしないでほしい」

「別に私たちはおまえたちに要求しているわけじゃない。そうだったらいいなという希望だよ」

父親が取りなす隣で隆一の母もしきりに頷く。

「それがどれほど佐織里さんの重荷になっているか、少しは考えてみてください。お母さんだってお父さんと結婚するときのことを思い出せば、自分がどれほど佐織里さんにプレッシャーをかけているかわかりますよね？」

育ちがいいからか、隆一の両親への言葉遣いは丁寧だったが、それだけに大人としての対等の関係だと思わせる。

「自分たちの身の始末をできるだけ自分たちで考えたいという気持ちは立派だと思っていますし、敬意も払います。ですが、佐織里さんを巻き込んで息子の結婚準備と一緒にやるようなことですか？」

「いや……あ……」

口ごもる須藤夫妻に慌てた佐織里が隆一を止める。

「隆一さん……私は別に……」

「いや、一度ちゃんと言おうと思っていたんだ。佐織里さんは黙っていてください」

これまたきっぱりと言った隆一に、そんな言い方をされたことがないらしい佐織里は目を見開いて僅かに後ずさった。

「確かに僕は頼りない息子です。四十過ぎまで結婚相手も見つけられなかった。でも自分たちが育てた息子を、少しは信頼してください。お父さんやお母さんにもしものことがあれば、僕がちゃんとします。それよりも、もっと人生を楽しんでください」

そう言うと隆一は屈み込んで、また歯ブラシで墓誌を磨き出す。

「ここに眠る法華津洋一さんという方は、若くして亡くなられたそうです。時代に翻弄された人生で、どれほど無念だったかわかりません。それに比べてお父さんたちはまだ元気に生きて、いろんなことができるんですよ。僕はやっと結婚します。心配をかけた分、佐織里さんといい家庭を作りたい――お父さんとお母さんは僕の結婚という憂いがなくなった今、精一杯楽しんでほしい。それが……僕の本当の願いです」

辺りの空気がしんと静まり、清廉な風が吹く。

隆一に促されて佐織里が墓誌に水を注ぐと、くっきりと文字が光に照らされた。

「ああ……綺麗になりましたね、佐織里さん」

「はい、どうもありがとう、隆一さん」

二人の視線の先、先ほどまでこびりついていた赤黒い滴りはすっかり消えて、法華津洋一の法名が明るい光に浮かび上がった。

「では――」

慧海の合図で皆が手を合わせたのを見てから、慧海は経を上げ始めた。

「帰命無量寿如来　南無不可思議光　法蔵菩薩因位時　在世自在王仏所……」

自分の声がまっすぐに墓石に反響したとき、洋一の霊が静かに墓に戻っていくのを慧海は確かに感じた。


冷酒を注いだコップを畳に置いて、ジャージ姿の慧海は合掌する。

「源治郎さん？　いるんだ？」

眉間に皺を寄せながらちびちびと冷酒を舐めている柴門の問いかけに、慧海は笑いながら頷く。中途半端な能力の愚痴に付き合ってくれる柴門は、源治郎のこともよく知っている。

繊細でありながらも他人にはおおらかな友人といると、自分もこんなことはたいしたことがないような気になってくる。

「今日、洋一さんの墓についてきたがったんだけど、さすがにな。恨みがましい顔をされたからさっき納骨壇を開けてきた。霊のことを教えてくれたのは源治郎さんだしな」

霊体になっても飲食ができるのかどうかはわからないが、ふわふわと浮いている源治郎は嬉しそうに酒の匂いを吸い込んでいる。

福々しい頬がうっすらと赤く見えるので、なんらかの方法で酒を楽しむことはできるのだろう。

何十年も消えることがなかった血の滴といい、酒を喜ぶ霊体といい、人の魂とはつくづく不思議なものだと思う。

「結局、その洋一さんという人は成仏できたのか？」

「ああ、たぶんな。佐織里さんも胸が軽くなったって言っていたし、もう大丈夫だろう」

「どうして急に成仏してくれたんだ？」

昼間は締めていたネクタイを外し、酒を片手に柴門は首を傾げる。

「洋一さんの墓を参る人がずっといなかった。その結果、法名に朱が残った状態のまま放置されて、半分この世に残っているしかなかった。今日すっかりその穢れが清められたので、無事に仏になったんだ。おそらくずっと前から成仏したくて、やっと墓参りにきてくれた佐織里さんになんとかその願いを伝えようとしたんだろうな」

「朱って……あれもしかして、血？」

まんざら演技でもなさそうに、柴門は身体を震わせた。

「何十年も血が残るっていうのはまさかとは思うだろう？　けれど、人智ではわからないことがあるのを俺は知っている」

「……そうだね」

静かに慧海の思いを後押しする友人に力を得て慧海は続けた。

「墓の前で命を絶った瞬間は洋一さんの無念も強かっただろう。その念が血の滴りに宿って最後まで残ったのかもしれない。けれど弟もその妻も亡くなった今、洋一さんも静かになりたかったはずだ」

酔ったらしく脈絡なく漂っている源治郎が何度も頷くところを見ると、そう的を外れた想像でもないのだろう。

「無念か……子どもも妻も奪われて、なんのために命がけで戦地から戻ってきたのかわからないって思っても仕方がないよ。僕だったら一生成仏せずに恨むかもしれない……もうちょっと待ってくれれば良かったのに、って思ってしまうんじゃないかな」

柴門は自分の思いに浸るように呟いて、酒をあおった。

「母親だったら息子の帰りを待つかもしれない。けれど子どもを育てることを優先するのもまた母親だろう。洋一さんの奥さんを誰も責められないさ」

「ああ、それ！」

急に大声を上げた柴門に慧海はぎょっとするが、冷酒のコップを手に持ったまま柴門は続ける。

「女の人って、子どものことになると人が変わる。子どものためなら人を傷つけるのなんて全然平気。しかもそれが当然だと思っている――正義は我にあり！　母性は全ての理不尽を撃破する！」

　珍しく乱暴で酔ったような口調だが柴門の目は酔っていない。

　子どもができた恋人と別れたことから、彼が未だに立ち直っていないことが感じられて慧海は言葉に詰まった。

「子育ては大変だもんな。檀家さんでも小さいお子さんがいる人は墓参りも間遠になって舅さんたちが愚痴るけど、仕方ないって思うよ。ちょっと出かけるんでもオムツやらミルクやらの用意がいるし、動くようになればなったでまた大変だし」

　この間やってきた「魔の二歳児」が他家の納骨壇の扉を勝手に開けて中を引っかき回したのを思い出し、慧海は力ない笑いを浮かべる。

　引きちぎられた瓔珞は弁償してもらうしかなかったのだが、同行していた義父母に「しつけが悪い」とさんざんに怒られていた男の子の母親が気の毒だった。

　母親任せで見ていなかった父親にも責任はあるだろうし、子どもの目の前で親を叱責するのもどうかと思ったが、上手く取りなせなかった自分にもうんざりする。

「子どもがいれば理不尽なことを言われることもあるし、母親って否応なく強くなるしかないんだろう」

「そうだね」

　的外れとはいえ慧海の慰めの気持ちは感じたらしく、柴門は笑みを浮かべる。

「こんな仕事をしているけれど、僕も結婚には向いてないんだろうな。他人のことは多少わかるのに、自分のことは全然わからない。自分に合った女性がわからない」

さらっと過去の恋に触れたものの、それ以上話題を引っ張りたくなさそうな友人のために、慧海から話を変える。

「隆一さんと佐織里さん、お似合いだったな」

「僕が腕によりをかけて引き合わせたんだから当然。須藤夫妻も息子に叱られながらも、きっと内心では嬉しかったと思うんだ」

「そうか？　傷ついたりしてないかな」

あのあとすっかり静かになってしまった須藤夫妻のことが、少し気がかりだった。

「全然。だってあの夫婦は息子に心配してほしいんだから」

またコップになみなみと酒を注いで、柴門はおかしそうな顔をする。

「息子の結婚を喜びながらも、手を離れるのが寂しい。だから墓を買うって言えば、心配するに違いない。内心はそういう思いもあったはずだよ」

「そうなのか？」

まさかあの夫婦がそんな浅ましい計算をするとは思えない。

「無意識だろうけどね。あの夫婦は悪人じゃないし、悪知恵が回るわけもないから、わざとではないと思う。ただ愛情が底なしに深いだけだ。僧侶の君が思うより、人間はずっと俗っぽくて弱い。誰だって人の愛情が欲しいんだよ。相談所にはそんな人ばかりで、びっくりする」

茶化しながらも柴門は苦笑いを浮かべる。それに同意するように頷く源治郎の顔はますます赤く、目がとろんとしている。

「墓の心配なんかせずに長生きしてほしい――須藤さんたちは息子にそう言ってほしかったんだろうね」

そう言われればそうなのかもしれない。そうでなければ息子の婚約者を引きつれて墓を探したりしないだろう。

「なんだか、怖いような気がするな……」

「全然だね」

綺麗な一重瞼を細めて、柴門は笑いとばす。

「あの程度の親の愛はかわいいもんだね。だからこそ、佐織里さんみたいな人じゃないと務まらないんだよ。彼女は人の思いに共感して同情できるし、何より察しがいい」

――もしかしたら隆一さんが結婚する寂しさを紛らわすために、あれこれ考えてしまうのかもしれません。

須藤夫妻の本音に勘づきながら、佐織里が知らぬ振りをしていたことを思い出した。

「ああ、そうだな。利口で、優しい人なんだろう」

「そう、優しさ。それは人間が持てる最高の美点の一つだよね。男も女も優しくない人は結婚しないほうがいい。優しくされたら得、優しくするのが損だって考える人は結婚しないほうがいいよ。他人同士が暮らすって、相手の気持ちを想像する力と、思いやりで成り立つものみたいだからさ」

一気にコップの酒を飲み干して柴門は顔をしかめた。

「大人の女に愛されれば、男も大人になるんだよ。逆もまた然りだけどね。とりあえず須藤隆一は僕に一生感謝してほしい。盆暮れの付け届けは忘れずによこせ――っと！」

乱暴な口調でそう叫んだ柴門はごろんと畳に大の字になって、目を閉じた。

「おい、風邪引くぞ」

足の先を引っ張ってもうんともすんとも言わない柴門の腹の上に、真っ赤に透き通った源治郎がふわんと座り込んで目を閉じる。

「源治郎さんまで……重くないのか……ま、重くないよな」

眠ってしまった二人の身体に、衣紋掛けから引きずり下ろした着物を着せかけた。

柴門の寝顔は気持ちが良さそうだが、酒にかこつけて零した本音に痛みがあった。

飄々として見える友人にも悩みがあり、成仏し切れない源治郎にも現世へ残した悩みがあるのだろう。

自分だっていつ身近な人間が虹色に光って揺れるかと、心のどこかで常にびくびくしている。

どんなに気楽に見えても、なんの不安もなくこの世を渡っている人はいない。

そう思えば、自分の悩みに腹が括れるような気になってくる。

だが——と、慧海は目を閉じて赤く透けている源治郎に眉をひそめた。

明日は佐藤家の納骨壇は酒臭いのだろうか。掃除が面倒だ。

そういえばそろそろ父のぎっくり腰は良くなったようだから、明日は父に掃除を頼んでも大丈夫かもしれない。

リハビリにいいですよ、と勧めるのもありだな。

あれこれ思案しながら慧海は静かに酒を飲み干した。

縁結びのパワースポット

1

「なんだこれ？　落とし物？」

　正門の周囲を掃除していた慧海は思わず声を出した。

　屈み込んで梅雨明けの朝日にきらりと光るそれを拾い上げ、目の前にかざした。

「スマホのアクセサリーか？　これって確か……映画にもなった人気のキャラクターだよな」

　土で汚れたキャラクターの丸い黄色い頭を作務衣の裾で無造作にごしごしと拭いてから、ポケットの中にしまうと背後から間延びした声がかかる。

「落とし物を勝手に自分のものにしてはいかんぞ。誰も見ていないと思ってもお天道さまはご存じだ」

「どこの時代劇のセリフですか、お父さん。お天道さまなんて若い人には通じませんよ」

「誰が見てなくても悪いことはできないぞという、素晴らしい日本の言い回しを今の子は知らないのか？」

「たぶん知りません。わかるのはギリ四十代じゃないですか」

「ギリ四十代とはどういうジャンルの人たちだ？」

「ギリギリ四十代って意味です」

ぶっきらぼうに慧海は答えた。

「なるほど、そういう意味なのか……だが、おまえには通じたじゃないか。おまえは若くないのか？　もしかしてギリ四十代なのか？」

「俺が四十代ならお父さんは何歳になるんですか。僕がそういう古臭い言葉を知っているのは、お父さんに育てられたからですっ。だいたい寺の坊主だったら見ているのはお天道さまじゃなくて仏さまでしょうが」

不意に背後から現れて、ああでもないこうでもないとくだらないことを言う父に慧海は一応抗議する。

掃除を手伝うそぶりもなく、上下毛玉のついたスウェット姿でぶらつく父はどう見ても近所の人が早朝散歩に来たようにしか見えない。

（まったく、人には誰が見ているかわからないから僧侶らしい格好で掃除しろってうるさいくせに……自分は寝起きのまんまってほんとムカつく）

「それに取ったんじゃないですよ。落とし物として保管しておくんです。いつもそうじゃないですかっ！」

ポケットから取り出したキャラクターアクセサリーを慧海は父に突きつけた。

「なんだ？　……見たことがある顔だな」

「今、流行りのキャラクターですから、見かけたことぐらいありますよ」

「……いや、この間拾ったな……」

腕組みをし、父は空を見つめて唸った。

「おまえが掃除をしなかったので、仕方なく私が本堂の周りを掃除していた日だから、この間の土曜日だ」

「その日、僕はお父さんの代わりに法事の読経に行ってました。さぼったような言い方をしないでください」

「そのときに、同じものを拾ったんだ」

慧海の言うことなど聞き流して、父は記憶を辿る。

「まさかあのときのあれが、またここに――魂が宿って持ち主の元へ帰ろうとしてここで力尽き――」

「そんなことあるわけないだろ、まったく」

あまりのばかばかしい言い草に、慧海はとうとう言葉遣いが素に戻った。

「髪が伸びる伝説の人形じゃあるまいし、たかだかスマホ用のプラスチック人形にそんなこと起きるわけない――でしょ」

「いやいや、この寺にはおまえという霊能力者がいるしな。何があっても不思議では――」

「やめろ――ってか、やめてください。住職」

怒りを丁寧語に変えて、慧海は父を睨みつけた。

「つまらないことを言ってないで、保管してある落とし物を見れば簡単にわかるじゃないですか。本当にもう」

竹箒を手にしたまま慧海は先に立って本堂の右手にある事務所へと向かう。中に入った慧海は、引き出しから菓子の空き箱を取り出して蓋を開けた。箱の中には参詣客や散歩に訪れた人の落とし物があれこれと入っている。財布や鍵などはすぐに落とし主が現れることが多いが、ハンカチ、イヤリングなどありふれたものはそのままになることがほとんどだ。

「ええっと、……ああ、これ、これ」

がさがさと中を確かめた慧海は、先ほど拾ったのと同じ人形を取り出した。

「ほら、これ」

自分の拾ったものをポケットから取り出して、二つの人形についている鎖を指先に引っかけて父の目の前でぶらぶらと揺する。

「なるほど、同じだ」

父が感心した口調で言う。

「流行りものなのか？」

「みたいですよ。映画にもなってるキャラクターで、若い子に人気があるらしいです」

「そうなのか。ということは、これを落としたのは若い子か？」

「たぶん。お孫さんからもらった年配の方のものということも考えられますが、二つともそういうことはないでしょうね」

「そうだな。第一孫からの贈り物を落としたとしたら絶対探しにくるだろう。この間なんて孫からもらったものだと言って、わざわざ埼玉の所沢からお守りを探しに来た年配の男性がいたぞ。寺に届いているかもしれないと思ったらしい」

「お守りって、うちはお守りなんて売っていませんよ」

松恩院が属する宗派ではお守りや御朱印は授与しないのが決まりだ。

「二駅先の松敬寺さんと間違ったようだよ」

「ああ、そうですか。名前が似てますし場所も近いですからね……えっ？　もしかしてお孫さんは所沢からこんなところにお参りに来てたんですか？」

落とし物の箱に人形をしまいながら慧海は驚く。

「こんなところとは失礼だな、慧海。松敬寺も松恩院も由緒正しい古刹だ」

「松敬寺さんはともかく、うちが古刹なんてフカシにもほどがあります、お父さん。冗談抜きで遠くからわざわざ来るような有名な寺じゃないですよ。もしかしてお孫さんはこの近くにお住まいなんですか？」

「いや、二世帯で同居らしい。お守りをくれたお孫さんは中学生だそうだ」

「……なんでそんなことまで知ってるんですか？」

「話を聞きだすのも僧侶の役目。さりげなく日常の悩みを聞いてこそ一人前だ。おまえのように用件だけ聞けばいいなどというのはもってのほかだ」

呆れた顔をする慧海に父はもっともらしいことを言いながら悦に入る。

「だがな、おまえの言うことも一理ある。残念ながらわが松恩院はいまいち知名度がないと私も思う」

「そうですか……珍しく意見が合って何よりです」

「落とし物を探して、たまたま立ち寄るだけの寺ではいかんと思わないか？」

「……別に……特には何も……」

慧海は生返事をする。

父の戯れ言に付き合っていると時間がいくらあっても足りない。

松恩院は地元に根ざした寺で、知名度を競っているわけではない。落とし物を探しに埼玉から来ようが、北海道から来ようがアメリカから来ようが、個人の自由で、そのまま松恩院のことを忘れてしまっても何の問題もない。

その中学生の孫は祖父のために松敬寺のお守りをわざわざ買いに来たのかもしれないし、偶然通りかかって、「あ、お祖父ちゃんにお守りでも買っていこうか」と優しい気まぐれを起こしたのかもしれない。いずれにしても寺の僧侶としては優しい孫と祖父の幸せを祈り、お守りが無事見つかることを願えばいいだけだ。

心の中で全てを解決した慧海が掃除に戻ろうとすると、父が呼び止める。

「で、この寺を有名にするにはどうしたらいいと思う？」

「はぁ？　有名って意味わかんないですよ」

反射的に慧海は調子外れの声を上げた。

「有名は有名に決まっているだろう。京都の清水寺（きよみずでら）さんとか奈良の法隆寺（ほうりゅうじ）さんのようなお寺のことだな」

「……無理……絶対無理……何と比べているんですか、お父さん」

脱力して慧海は呻く。

「教科書にも載っているような名刹ですよ。おこがましいにもほどがあります」

「そうか？　私は別に浅ましい気持ちで言っているのではないぞ」

しれっとした顔で父は慧海をあしらう。

「寺が有名になるというのは、布教活動の結果だ。こう見えても私は常に仏の教えを広めることを考えている。のんべんだらりと掃除をしているおまえとは違うんだぞ」

「……それは失礼しました……」

(頭の中は見えなくて幸いだよ。ホントに)

腹の中だけで毒づいた慧海は箒を握り直す。

「では、僕は掃除に戻ります。のんべんだらりとしているので時間がかかるんです」

どうしたって父には言いくるめられてしまう。これ以上は本当に時間の無駄。

そう判断した慧海は、小さな抵抗めいた嫌みを残して掃除へと戻った。

本堂をふわふわと漂う源治郎を見つけた慧海はほっとして大きく肩で息をついた。

(まったく、なんでこんなところにいるんだよ)

今さっき地下にある佐藤家の納骨壇が開いているのを見て、あちこちと探し回った結果やっと発見したのだ。

（誰かに見られたらどうすんだよっ！　本当に、もう。手がかかる）

自分だって見えるのだから、他に霊体が見える人間がいても不思議ではない。

（成仏できない幽霊が見えるなんてことになったら寺としてヤバイだろう）

寺の存続に関わるとやきもきして探し回ったこちらの気も知らずに、源治郎は暢気に漂っている。

何をやってるんですか！　と怒鳴らなかったのは、本堂の前に参詣客がいたからだ。

「お賽銭っていくら？」

「五円玉硬貨九枚で四十五円じゃない？　しじゅうごえんがありますようにって」

「良いごえんがありますように、じゃないの？　うちではお祖母ちゃんがそう言ってた」

「へぇ……そうなんだ。いろんな説があるのかな」

若い女の子特有の高い声で話す二人連れは、近隣にある私立中学校の制服姿だ。のびのびした教育方針を掲げる幼稚園から高校までの共学の一貫校で、遠くから通っている生徒も多い人気校と聞く。

（女子中学生が、学校帰りに連れ参詣とは渋いな）

当てもなく漂っているように見えた源治郎がふいっと女子中学生たちの背後に位置する。

（またまた……源治郎さんって霊体になっても好奇心旺盛だよな……）

呆れる慧海と、背後に浮いている源治郎にまったく気づくことなく二人はキャラクターのついた財布を探る。

「えーっ、あたし五円玉が二枚しかない」

「こっちなんて、五円玉がないよ」

「貸すよ」

「ありがと。でも人から借りたお賽銭じゃまずくない？」

若者らしいやり取りを聞き取って、慧海は内心で合いの手を入れる。

（そりゃまずいかも）

「じゃあさ、一円で五円にしたら」

ショートカットのほうが代案を出す。

ポニーテールの子が納得をして、ごそごそと財布を探る。

「そうだね。ようするに金額があっていればいいんだもんね」

「でさ、坂口先輩、高校は大阪にいくんでしょ？」

「うん。野球推薦だって。甲子園に行けるような強豪校」

「そっか……もし上手くいっても遠距離恋愛ってことかぁ。大変だね」

ショートカットの子が声に同情を滲ませると、ポニーテール女子は髪が跳ねるほどぶんぶんと首を振る。

「大変は大変なんだけど、だからこそ、今のうちに両想いになりたいんだよね」

一円玉をかき集めた彼女は勢いよく賽銭箱に硬貨を投げ込む。

アルミニウムの硬貨は哀しいほど軽い音しか立てないが、女子中学生は真剣に手を合わせる。

（……ええっと…うちの寺は恋愛成就ってあったっけ？）

熱心に恋が叶うことを祈る女の子には申し訳ないが、そのようなご利益はなかったはずだ。

（若い子にはそんな区別はないのかも。とりあえず寺とか神社とかに願い事をしておけばいい的な感じなんだろう）

慧海のそんな思いを知ってか知らでか、女の子の背後にいる源治郎は霊体らしからぬ福々しい顔をいっそう綻ばせている。二人に注ぐ眼差しは慈愛に満ちて仏のようだ。

（もう半分仏さまなんだけど……）

いつまで経っても成仏しない源治郎には少なからず困っている。

成仏しないということは自分たち僧侶の力不足ではないかとついつい考えてしまう。

しかもあちこち出歩かれて心臓に悪い。

父は「そのうち成仏するだろう。源治郎さんが満足するのを待つしかない」と気の長いことを言っているが、姿が見えている慧海は毎回気の休まる暇がない。

早くこの世への未練を昇華し、成仏して消えてくれないかと正直に思う。

（第一いつまでも霊体でふらついているのは、本人だってつらいだろうに）

だから、こんなふうに源治郎がひとときとはいえ、幸せそうな顔をしているのを見るのは悪くなかった。

「な、多いだろう？」

　和やかな気持ちで源治郎と女子中学生たちを眺めつつ気を抜いていた慧海は、不意に背後から聞こえてきた声にぎょっとして振り向く。

「お父さん……びっくりするじゃないですか。相変わらず突然現れるのは止めてください。気配がないのは源治郎さんだけで充分です」

「いついかなる時も、辺りの気配に気を配るのが修行だ」

「何言ってんですか、忍者じゃあるまいし。それより多いってなんのことですか？」

「若い人だよ。この間言っただろう？　若い参詣者が増えてるって」

「あ……はい。でも、あの二人は近所の中学校の生徒さんですよ。何かのついでに寄るってこともあるんじゃないですか？」

「じゃあ、あっちは？」

　父が視線で促すほうに慧海は顔を向けた。

　若いカップルが肩を寄せ合って本堂へと向かってくる。

　青年のツーブロックの髪型と、寄り添う女性のチュールのついたスカートは、いまどきのファッションから遠ざかっている慧海の目にも流行のスタイルに見えた。

「……二十歳前後ぐらいでしょうか？　何しに来たんでしょうね？」

「何しにって、デートだろう」

当然のように言う父に慧海は呆れた目を向けた。

「こんな場所にデートに誘ったら一発で振られますよ」

「おまえ、そんな経験があるのか？」

父の顔に好奇の色が広がる。

（まったく、坊主のくせにつまらないことに関心を持つんじゃねぇよ）

腹の中で毒づいた慧海はその質問を無視した。

「ほら、あっちにも」

息子の内心などまったく忖度せずに、父はまた正門のほうを向いた。

「高校生くらいかな。初々しいな」

慧海が見たことのない制服姿の二人が、何かを話しながら本堂へと向かってくる。

親しそうなのに少し距離を取っているのが始まったばかりのカップルだと見え、若々しくてかわいらしい。

「何しに来たんでしょうね……？」

こんな小さな寺に若い人が立て続けに来ることに慧海は戸惑いしか感じない。

「だからな、慧海」

慧海の困惑をよそに、父はほくほくした顔つきになる。

「この際、お守りを作ってはどうかと思うんだ。信心どうこうにかかわらず、寺に来たらとりあえず買いたくなるものの一つだ」

「何を言ってるんですか。うちがお守りなんて売れるわけないでしょう」

松恩院の宗派は祈りこそが功徳であるという理念の許、基本的にはお守りや御朱印を授与しない一派だ。

「それはそうなんだけど、ばれないようにやればいいと思わないか？」

「はぁ？　ばれないようにって……どうやって？」

思わせぶりな囁きについついノリで聞いてしまうと、父がにんまりと笑う。

「お守りではなく、ありがたい教えを書いた冊子みたいな形で販売する」

「なんて罰当たりなことを言うんですか、お父さん」

「御仏は心が広い。いちいち私たちの言うことを、ちまちまとお怒りになるわけがない。小金を稼ぐのも生きるためと考えてくださる」

「都合のいい解釈ですね」

「それでな、慧海」

皮肉も忠告もどこ吹く風と受け流して父は自案を披露する。

「その冊子にかわいい表紙をつけて、いかにも恋愛成就のそれっぽくする」

「恋愛成就？」

はぁ、何言ってんだ？　という声を呑み込んだのは父とはいえ、仕事中は上司だからだ。

だが抑え切れない感情で頬がぴくぴくした。

それでも父は嬉々として話を続ける。

「おまえはぼーっとしているから気がつかなかったのだろうけど、一月ほど前からやたらと若い人たちが来るんだ。今だって三組もいただろう?」

「……はぁ……そうですね」

確かにこんな短時間に、この松恩院に六人も若い人たちがくるのは今だかつて記憶にない。

「見ていると、どうやら縁結びのお願いをしているらしい」

「さっきの中学生はそうでしたね」

「だろう? だから、いまどきのかわいい女の子とイケメンのカップルのイラストを表紙にすればいけるんじゃないかと思うんだ。おまえ、イラストレーターになった友人はいないか?」

「いませんよ。お忘れかもしれませんが僕は仏教学部です」

むすっとしながら言い返す。

(坊主のくせにどうしてそんなに商売っ気があるんだよ?)

そういう父の商才のおかげで特に不自由を感じることもなく無事に教育を受けて僧侶になれたことは感謝しているが、このノリにはついていけない。

「どういう理由で若い人がくるのかはわかりませんが、今だけじゃないですか? 有名どころの寺じゃないんですから、いつまでも続くわけがないですよ。そうなったら妙な冊子なんて売れ残って大赤字です」

「そのときは柴門くんに引き取ってもらえばいいだろう。結婚相談所入会のおまけとか、成婚記念グッズとか、いいと思わないか？　松恩院の名前も売れるぞ」

「全然思いません！　迷惑です！」

そこまで抜かりなく考えている父に気圧されまいとして慧海は声を張り上げ、全身で拒絶した。

2

「政教分離じゃないけど、当然この業界も特定の宗教に肩入れはしないことになっている。長い付き合いの君の頼みでも、松恩院の名入りのものを扱うことはできないな」

その日の夜、ふらりと顔を出した柴門は、慧海の話に笑いながらそう答えた。

「そりゃそうだよな。結婚式だっていろんな宗教でやるもんな。結婚相談所は宗派はなんでもOKだろう」

「まあね。紹介する結婚式場はいくつか決まってるけど、どんな形で式をあげるかは本人たちに任せるよ。揉めたときは間に入ることもあるけど」

日焼けした畳の上に胡坐をかいて座った柴門はちょっと肩をすくめた。

「揉めるって？」

「いろいろ。一概には言えない。新婦のほうが教会式でやりたいのに、新郎の両親が神前式推しとか。宗教上の拘りじゃなくて、単にイメージでそうしたいだけだと、ほんとに決まらないときは決まらないんだよな」

「その場合は、新婦側の意向を尊重したほうがいいだろう。結婚式は花嫁のイベントって感じだし、思いどおりにならなかったことをいつまでもよく覚えているような気がする」

慧海はふっと、この間会った須藤隆一と松田佐織里のことを思い出した。とても似合いの二人だったが、隆一の両親の善意は佐織里に少なからぬ迷惑をかけていた。悪気はなくても他人である同士がいきなり親族になることは難しいものだと感じながら慧海は言う。

「そう、君の言うとおりだ、慧海。でもここで折れるとこの先一生折れると考えるのか、互いになかなか譲らない」

「なるほど。そういうときは新郎がなんとかするしかないだろう」

「それもまったくもって正論だよ。慧海」

顔をしかめたまま柴門は頷く。

「こういうときに、しっかり調整できる新郎は大当たりの夫になる。嵐が収まるまで待つタイプは一生待ち続ける。まれにそうじゃないこともあるけどな。確率は高い」

「それは、そうかも」

確かに檀家でもしっかり者の妻にのほほんとした夫という組み合わせは多い。

だがそういう夫はいかにもやり手らしい男性よりも穏やかで平和な雰囲気を醸し出していて、家庭人としては悪くないと慧海は思う。

「普段はかりかりしなくていい人なんだろう」

「それも言えている。百点満点の相手なんてことはお互いにないさ。長く暮らす相手としてどっちを取るかだな」

結論づけて満足したらしい柴門は手土産の缶ビールのプルトップを開けて、ぐびりと飲んだ。

「それにしてもさ、柴門。なんでうちなんかに若い人が来るんだと思う？」

自分も缶ビールを手に慧海は当初の疑問を口にする。

「こんな場所で、有名でもないのに、一日に三組も若いカップルやら中学生が来るっておかしいだろう」

「……そうだな。絶対におかしいとは言わないが、修学旅行生が来る場所でもないし、不自然ではあるかもな」

少し間を置いたものの、柴門は頷いた。

「考えられるとすれば、最近雑誌に載ったとか、テレビに出たとか。ほら、近頃あるだろう？　美坊主特集みたいなの」

「びぼうず？」

聞き覚えのない言葉に慧海はそのまま聞き返す。

「美しいお坊さんのことだよ。一部の女子に人気があるらしい」

「そういうことに俺は関係ない。親父も絶対に関係ない」

女性の守備範囲の広さに度肝を抜かれつつ慧海はきっぱりと言い切る。

「寺への取材もない。とにかくどこをとっても話題になるような寺じゃないんだってば！」

「自分の寺に酷い言いようだな。そうピリピリしないでまあ落ち着けよ。ほら、これを食べろ。甘いものは神経を安定させるんだ」

切れかける慧海を言葉でなだめつつ、柴門はコンビニのポリ袋からチョコレートを出した。

「チョコレートって鼻血が出るっていうくらいだから、興奮するんじゃないのか」

そう言いながらも慧海は素直にチョコレートの包装をぺりぺりと剝く。

「まあたぶん、ネットだと思うよ。僕は」

「ネット？」

板状のチョコレートをぱきっと折って、慧海は柴門に渡す。

「そう、若い人はネットから情報を入れるだろう？　うちの相談所もネットの評判は気にしてる。いいことも悪いことも広まりやすいからね」

チョコレートを口に入れた柴門はスマートフォンを手早く操作する。

「檀家の人がＳＮＳに面白い記事をあげたとか、おしゃれな写真をアップしたとか、そういう線が一番ありそうな話じゃないかな」

「でもうちの檀家って年配者が多いんだけどな」

「SNSをやるのが若い人だけというのは偏見。年配者は時間に余裕があることが多いから時間に追われる若者より熱心に情報を発信している場合もある……ほら、これじゃないか？」

ひょいと渡されたスマートフォンを見た慧海はぱっと目に飛び込んできた『松恩院』という文字にぎょっとする。

「なんだ、これ？」

「なんだって聞くより、読めばわかるよ」

柴門に促されるより先に、慧海はすごいスピードで文字を流し読む。

──松恩院って御利益あるよ。お願いしたら片思いが実った。

──告白前に松恩院でお参りしたら、大成功♡

──好きな人と松恩院でデートしたら、そのあとめっちゃ仲良し。マジでオススメ！

「……マジでオススメって、何これ？」

いくら有名な寺ではなくても、松恩院は寺だ。『マジでオススメ』いう軽い言葉で褒められても嬉しくもなんともない。

「何って、君が書いたんじゃないのか？　言葉遣いがそこそこ若い」

「馬鹿なこと言うな！　どうして俺がこんなことをしなくちゃならないんだよ！　目先の利益に目がくらむほど俺はいい加減な坊主じゃないぞ！」

友人の茶化す言葉にいらいらした慧海はいつもより強い口調で反論する。

「そう突っかかるな。まだまだ修行が足りないぞ」

長い付き合いのよしみで柴門は、慧海の苛立ちを軽く受け流す。

「言い方はともかく、松恩院にお参りすると恋が叶うっていうプラスの情報だ。嘘か本当かは別にして、恋愛に御利益があるって評判になっている今、君のお父さんのおっしゃるとおりその路線で押すのは大いにありだ。縁結びに関係するグッズっていいアイディアじゃないか？」

「だから、そういうのはやめてくれよ。父の商売っ気には困ってるんだから」

「君の言うこともわかるけど、寺だって商売だろう？　結婚相談所もそうだけど、仕事でやっている限り、ある程度稼がないといいものを提供できないんだよ。お父さんの意見は、詐欺まがいの霊感商法に走るよりずっと建設的だ」

「建設的って言われてもさぁ……寺として越えてはならない一線はあるんだと思うんだよなぁ」

極端なたとえだけれど、柴門の言うことは間違っていないのはわかる。けれど、気持ちの部分で納得できずに曖昧な返事になった。

「高校時代からそうだけど、慧海は真面目だな」

柴門が理解のある笑みを浮かべる。

「坊さんが真面目なのはいいことだけど、そこまでがちがちに考える必要はないと思うぞ。流行と同じで根拠のない噂ならやがて消えていくはずだ」

「そうだといいけど……」

友人の言うことがたぶん正しいのだと思いながらも、慧海のもやもやした気分は消えなかった。

3

小さいとはいえ、いきなり起こった『松恩院ブーム』に納得できない慧海は、仕事を終えた夜に自室にこもり、ネットをあれこれとチェックする。

「マジでオススメ、じゃないよ」

ぶつぶつ言いながらいろいろなSNSを辿っていくと、とんでもない情報にいきあたる。

「はぁ？　これなんだ？」

驚いたあまりに声が裏返った慧海はスマートフォンを握ったまま部屋を出て、居間に駆け込んだ。

「お父さん！」

「なんだ？」

焼酎のお湯割りを片手に推理ドラマを見ていた父が、とぼけた声と顔を向けてきた。

「ちょっと、これを見て」

家庭内の言葉遣いのまま、慧海はスマートフォンを突き出す。

「ドラマがちょうどいいところなんだが、あとじゃ駄目か？」

「そんなの見逃し配信で見ればいいよ。それどころじゃないから」

「見逃し配信ってどうやるんだ？」

ちらちらとテレビを横目で見ながら言う父に構わず、慧海はテレビの電源を切った。

「とにかく今はこっち」

慧海の勢いに負けたように父はスマートフォンを手にとって、目を細めて画面を見た。

「ん……、なんだ？　……松恩院には、戦時中に夫や恋人の無事を祈る人々が祈願に訪れたという古来の言い伝えがあり、今でも縁結びの御利益がある寺として、知る人ぞ知るパワースポットである……パワースポットねぇ。パワースポットってあれだよな？　そこにいるだけで力が宿るっていう場所。へぇ、すごいもんだね」

感心したような声を洩らした父を慧海は睨む。

「何がへぇーなんだよ。俺、こんなの一度も聞いたことがないんだけど、そういう由緒があるわけ？」

「いや、ないな」

あっさりと父は否定する。

「本山はともかく、ここは明治時代にできた寺だし、古来っていうほど古くはない。寺としては駆け出しだ。第一パワースポットだったら、私の腰痛はさっさと治るだろうし、おまえだってもっとばりばり読経が進むはずだ」

「ばりばり進む読経って意味わかんないけど。ま、そうだよね。住んでいる俺たちに御利益がないんだから、パワースポットって話はおかしいよな」

聞いたこともない御利益を書き連ねた推薦文を眺めて慧海は顔をしかめる。

「いったいどこでこんな話になってるんだと思う？　お父さん」

「わからんなぁ。ここにいるのは縁結びの仏様っていうより貧乏仏って感じだしな」

「なんて不謹慎なこと言うんだよ。檀家に聞かれたら大変だよ」

「今は時間外だ。坊主だって息抜きは必要だろ。人間緊張ばかりしてると身体に悪いって言うからな。適度な不謹慎は精神のストレッチみたいなものだ」

「お父さんみたいな人はストレスなんてたまらないと思うけど」

自分で言って面白そうに笑う父に呆れた慧海は、それ以上の会話を諦めて柴門にＳＮＳで連絡をする。

——ちょっと今いい？

——いいよ。何？

（お、返信早っ。ってことは今暇だな）

慧海がスマートフォンで何かを始めたのを見た父は、慧海の手元からテレビのリモコンを引き寄せてスイッチを入れた。

「あとで見逃し配信で見せてやるよ。今からだと途中になっちゃうだろう？」

手元に視線を落としたまま言う慧海に構わず、父は先ほどの番組を再び見始める。

「こういうのはリアルタイムで見るのがいいんだよ。明日になったら見たかったことも忘れるじゃないか」

「じゃあ、見なくていいと思うけど」

「朝には紅顔ありて、夕べには白骨となれる身なり、って言うだろう？　人は皆、一寸先のことはわからない。だから今したいことは今すべきなんだよ」

蓮如（れんにょ）の御文（おふみ）を持ち出してもっともらしい屁理屈を述べた父は、またテレビ画面に視線を向けた。

「罰当たり……」

もう聞いていない父の背中にぼやきながら、慧海は柴門との会話を続ける。

――ちょっとこれ見てくれ。どう思う？

先ほど見た松恩院が縁結びのパワースポットだと書かれた掲示板のアドレスを添付して送る。返事を待つ間、父が見ているドラマに目を向けた。

取調室で容疑者らしい男が、人気の女性アイドル演じる刑事にグイグイと詰め寄られている。

「こういうときは、カツ丼を出して、故郷のお母さんが哀しんでるっていうのがセオリーなんだけど。情のない取り調べ方だねえ」

画面を見たまま父が呟いた。

「……カツ丼……意味わかんないし。今なら唐揚げのほうが喜ばれるよ」

聞いているとは思えない父にそう返したとき、スマートフォンがチリンと鳴った。手元に視線を戻すと変顔のキャラクターが大笑いするスタンプのあとに本文が続く。

――見た。すごいな。いつの間にか有名になってるじゃないか。儲かるよ。

――くだらないことを言うな。父に確認したらこんな話は全然聞いたこともないって言ってるんだ。ヤバいよ。

――なんで?

――寺が縁起やら由緒やらをねつ造してるなんて言われたら信用問題だろ。

そう送ると返事の代わりにスマートフォンが鳴った。

「ネットの噂は盛り上がりも早いけど、消えるのも早い。あんまり気にすることはないと思うけどな。ネットの噂に振り回されても仕方がないだろう」

電話に出るなり柴門がすぐにそう切り出した。

「それはそうなんだけど、なんか気持ち悪い」

スマートフォンを耳に当てたまま慧海は、テレビを見ている父の邪魔にならないように自室へ戻る。

「貧乏寺が経営に困ってあらぬ噂を流したとか言われたら困る。うちは縁結びなんて全然関係ないんだぞ」

和室には不釣り合いなベッドに座って慧海は話を続ける。

「でもさ、パワースポットっていう話がまるっきり嘘っていう証拠もないだろう? パワーとか勇気って本来は自分の中から生まれるもので、どこかへ行って手軽にもらってくるものじゃない。絶対的な効き目なんて期待するのが間違ってるし、それをわかって楽しんでる人間がほとんどだ。松恩院に行ったけど全然恋が叶いませんでした、なんて訴えられないと思うよ」

　歯切れのいい口調がスマートフォン越しに聞こえてきた。

「そういう問題じゃないよ。こんな寺でも檀家さんがいるし、納骨堂で多くの方を供養させてもらってる。その寺が嘘をまき散らしているようじゃ信用に関わるんだぞ」

「なるほど、それはそうだ。商売は信用第一だもんな」

「そうなんだよ」

　寺の場合は商売というのとは少し違う気がするが、悪気がないのはわかっているのでその引っかかりは受け流す。

「この噂の元は身近な人間じゃないのかな？」

　軽口を言いつつも考えているらしい間があいたあと、柴門が切り出す。

「修学旅行生が行くような寺じゃないから、松恩院を知っている人間はある意味、限られているだろう？」

「地域限定なことは間違いない」

「そして松恩院にわりと詳しい人だ。通りすがりに見かけた人間がこれほど肩入れするはずもない」

ひいき目で見てもたまたま通りかかった人間が『マジでオススメ』するような立派な風情はない。一見しただけで呪われそうな寂れた感もなければ、ついつい手を合わせるようなありがたい感じもない。よく言えば地域に溶け込んだ、可も不可もない寺だ。

「そしてSNSで情報発信ってことは、わりと若いんじゃないか？」

「年配者のほうが時間があってSNSも熱心に使うって言ったのおまえだろう？」

そう言い返すと柴門が「そうだった？」ととぼけた。

「君の意見はともかく、これは年配者ではないよ」

「俺の意見じゃねぇよ……ってか、どうしてそう思うんだ？」

「この、『戦時中に夫や恋人の無事を祈る人々が祈願に訪れたという古来の言い伝えがあり』っていうところ。この戦時中って、たぶん第二次世界大戦だと思うんだ。満州事変とか日露戦争とか、ましてや応仁の乱とかじゃないだろう」

「当たり前だろう。うちの親父だって応仁の乱なんて言うわけない」

「京都の人は戦争っていうと応仁の乱らしい」

「嘘つくな。くだらないことを言うと足利家の亡霊に祟られるぞ」

ちょこちょこと冗談が交じるのにいらっとして慧海は口調が尖る。

「いや、まんざら嘘でもないらしいけど――、この場合はおそらく一般論として第二次世界大戦だね」

「確かに」

慧海の怒りを感じたらしく、柴門はさらっと話題を戻す。

「で、その頃を『古来』って言うのはおかしいと思わないかい？　古来って君はいつ頃だと感じる？」

「曖昧だけど、平安時代とか奈良時代とか、縄文時代とか、そんなイメージだな」

「僕もそう思うけど、これを書いた人間はその頃を『古来』って言えると思ったんだろうね」

「……古来ってか……」

そこに答えがあるかのように慧海は掲示板を凝視した。

(第二次世界大戦って昭和初期だよな。いくら昭和も平成も終わったとはいえ、『いにしえ』っていうほど古くないぞ)

父だって明治にできた松恩院は寺としては駆け出しだと言っていた。

「古くからっていうのを、古来ってうっかり間違えたとか」

「その可能性はないとは言えないけど、少なくとも、第二次世界大戦を結構古い出来事だと思ってる人間であることは間違いないよ」

「俺だって正直、その頃は古いって思うぞ。おまえは違うのか？」

「いや。でも、古来を昭和にして考えてみてよ。『昭和からの言い伝え』って表現するのには違和感がないか？」

そう返されて慧海はふっと考え込む。

「……お祖母ちゃんの知恵袋的なのはあるんじゃないか……うちだと雑煮は丸餅にするっ

ていうのは祖母の代からの言い伝えだ」

「それは言い伝えじゃなくて、佐久間家の申し送り事項だろう。内々には冗談もあってそういう言い方をするかもしれないけれどね」

「……うん……そうかもな」

ニュアンス的な違いを受け入れた慧海は話を続ける。

「ということは、これを書いた人間は俺たちより若いってことか？」

「僕はそう思うよ。十代……ってとこかな」

「俺たちとたいして違わないだろう？」

「いや、違うと僕は思う。十代は特別なものなんだよ。深く物事を考えなくても生きていける。噂を広めることがどういう結果になるかなんて想像もしない。キラキラとした根拠のない全能感がある。なんでもできるし、やっていいと思ってる。そんな感じじゃないかな？」

「ああ、そうかもな……俺は違ったけどさ」

自分のおかしな能力に振り回されていたことを思い返し、慧海は自嘲する口調になった。

「そういう場合もある。そういう人間は早く大人になるんだよ。悪いことじゃないさ」

「……なりたくなかったけどな」

慰めるような柔らかい声音に慧海は一瞬言葉に詰まるが、柴門は何も気がつかない振りで話を進める。

「いまどきは小学生だってこれぐらい書くだろうから下限はわからないけど、上限はギリギリ中学生までじゃないかな。高校生はもっと生々しいだろう」

「生々しいって？」

「参拝したらエッチできました……みたいな」

「――罰当たりっ！　寺は普通、参拝じゃなくて参詣って言うんだっ！」

　スマートフォンを握りしめて慧海は、一般の人にはどうでもいい些細な言葉遣いにまで怒鳴る。

「悪かった、慧海、ごめんね」

　続けて罵詈（ばり）を吐く前に柴門が間髪を容れずに謝ってくる。

「謝ればいいってもんじゃないぞ。柴門。口から出たことは取り返しがつかないんだから」

　引き時を心得た柴門のおかげで、長い喧嘩になったりせずに付き合いが続いているが、とらえどころのない彼にときどきは本当に頭に来て、一言言いたくなる。

「心する」

　やはり短い言葉ながらも柴門の声音は真剣で、慧海にそれ以上何も言わせない。

「……で、これを書いたのは、松恩院をよく知る十代半ばまでの人間ってのがおまえの推理ってことになるんだな？」

「そう」

　まだ反省しているつもりなのか返事が簡潔だ。

「松恩院を知っている十代かぁ……」

頭の中でざっと考えてみるが、心当たりはない。

「その年頃が寺にくるのは法事か墓参りくらいだ。親に連れられてなんとなく来るだけだから、寺自体に興味があるとは思えないけど」

そう言っている間も記憶をフル回転させる。

(中学生ぐらいの子どもがいる家族？　結構いるんだけど、そこまで寺に関心のありそうな子はいないよな……)

「急には思いつかない。第一そんな目で見てもいないよ」

「そう難しく考えることないんじゃないか」

顔をしかめつつ答えると、まるでその表情が見えたように柴門が笑った。

「悪気があってやっているとも思えないし、しばらくはそっとしておいていいんじゃないかな。あまり酷いようなら警察庁のインターネット安全・安心相談もあるし、サイバーセキュリティー専門の民間会社も紹介できるが、そこまでじゃないだろう。ネットの噂にもいろいろあるけど、このタイプは騒がなければそのうち下火になりそうな感じがする」

柴門の声は落ち着いていて、上辺だけの慰めではなかった。

仕事柄悪質なものかどうかを判断できる嗅覚があるのかもしれないと感じ、とりあえず慧海も安堵した。

「そうか……そうだな。少し様子を見てみるか。源治郎さんも喜んでいるみたいだし」

にこにこと若い人たちを見ていた源治郎の顔を不意に思い出して慧海は言った。

「喜んでるって？」

「若い人が来るのが嬉しいらしい」

「そりゃまた。源治郎さんって洒落た幽霊だな」

「確かに――長々悪かった。ありがとう」

「どういたしまして」

通話を切る前に柴門が明るく言った。

4

静観することに決めたものの、若い人たちの参詣は途切れることなく、土日ともなればそれなりの人数がやってくる。

（本当に縁結びの御利益があるんじゃないかって思ってしまうんだけど）

真面目な顔で本堂に手を合わせる青年の姿に、ちょうど通りかかった慧海は首を捻る。

もし効き目がないならそろそろ下火になってもいいはずだ。

（どうなっているんだ？）

不思議に思いながら祈りの邪魔をしないように足を速めると、願い事をしていた青年が小走りに追いかけて来る足音がして、「あの――」と声がかかった。

「はい。何かご用でございますか？」

振り返った慧海は両手を合掌の形に合わせて、頭を下げた。

「あ、えっと、ここのお坊さんですよね？」

「さようでございます」

どんな若造でも間衣に輪袈裟という格好で寺にいたら、コスプレという可能性はほとんどなく普通は僧侶だ。

(俺みたいな駆け出しでも僧侶に見えるんだからありがたい格好だ)

父がいつも僧侶らしい格好をしろという理由は確かにある。

自分とたいして年齢の違わなそうな青年を前にして、慧海は穏やかに微笑んで見せる。

「あの……えっと、お守りありませんか？」

ありませんと、あっさり答えようとして慧海は言葉を呑み込んだ。

(単にお守りがないなんて言うと、この寺はやる気がないと思われるか？　そうだよな。宗派のことなんて普通は気にしないもんな。普通の人は寺といえば、お守りがあって当然と考えるよな)

自問自答した慧海は、両手を合わせたまま頭を下げる。

「私どもの寺は、ただひたすら祈念することを御仏の教えとしております。あなたさまが御仏に手を合わせることで、なにがしかの道は拓けることと存じます」

祈れば願いが叶うなどという安直な答えでは、怪しい宗教になってしまう。内心これではわからないだろうと思いつつも、慧海は精一杯の説明を試みた。

「はぁ……えっと、お守りはないってことですよね」

「さようでございます。私どもの――」

「お守りなら松敬寺さんにありますよ」

あやふやな顔で念を押す青年に、もう一度説明しようとした慧海を、割り込んできた父が笑顔で遮った。

「おとう――住職」

いきなり現れて口を挟んだ父に咎める視線を向けたが、父は青年ににこにこと話しかける。

「ここから二駅離れていますけどね、松敬寺さんというお寺さんがあるんです。そこは由緒正しく、いろいろと御利益があるありがたいお寺さんで、お守りも授かれますよ」

（ちょっと、何よその寺紹介してんだよ。しかもそこは由緒正しいって、うちがインチキ寺みたいじゃないかよ！）

心の中だけで不満を爆発させる慧海を尻目に、青年は真剣な目をして父に尋ねる。

「縁結びもあるんですか？」

否定も肯定もせずに父は鷹揚な微笑みを浮かべる。

「お若い方は聞いたことがないかもしれませんが、鰯（いわし）の頭も信心からと申しましてね。何事も信じることから始まります」

（何を言ってるんだ、親父……鰯の頭って……）

あまりの適当さに虚脱しかける慧海に構うことなく、青年は嬉しそうな顔で頭を下げると小走りに寺をあとにする。

「いい加減なことを言いすぎじゃないですか？　お父さん」

青年の姿が見えなくなるのを見計らって慧海は口を開いた。

「いい加減なことを言っているわけじゃない。信じる者が救われるのは本当だ。それをどう取るかは本人次第だがね」

「怪しい教祖みたいな言い方をしないでください。それに他の寺を紹介するなんてどうかしてますよ」

「何を心の狭いことを。それでも僧侶の端くれか？」

父は慧海に哀れみの眼差しを向ける。

「この寺の教えが自分に合わなくても、他の寺の教えならいいという人がいても当然だろう。仏の教えは衆生(しゅじょう)を救うことと思えば、寺同士助けあって当然だ」

「そりゃそうですけど、あの人は単にお守りを買いたかっただけですよ。助けあうとか大げさなもんじゃない」

「形が欲しい人もいて当然だろう」

そう言ってから父は悪戯っぽい顔になる。

「だからだ、慧海。やっぱり縁結びの冊子を――」

「いい加減にしないと本山から破門され――あ……」

思わず声を荒らげた慧海の視界にふわりと浮かぶ見慣れた姿が飛び込んできた。

「あ、ヤバい」

慧海の視線を父が追いかける。

「源治郎さんか？」

「扉が開いていたんですね」

はぁとため息をついた慧海は風任せに漂う源治郎を視線で追いかける。

「最近は脱出の技に磨きがかかったのか、ちょっとした隙間があると出て来ちゃうんですよ。鍵でもつけたほうがいいんでしょうか？」

「おまえこそ馬鹿なことを言う。いついかなるときもお参りに来た方が自由に納骨堂の扉を開けられなくてどうする。納骨壇は牢屋ではないぞ」

急に真面目な口調になった父に慧海は「すみません」と頭を下げた。

「冗談でも言ってはいけないことでした。ですが、ひょこひょこと動き回るので困ってるんですよ。あんなに活発な霊体なんて初めてで……扱いに困るっていうか……源治郎さんご自身に自覚をしてもらえるといいんですが……」

気持ち良さそうに漂う源治郎を目で追いながら慧海はため息をついてしまう。

本堂では今来たばかりの中学生らしいカップルが、楽しげに何かを話している。

「そのうち現世への未練も消えて成仏するだろう。そう気にするな」

「そうでしょうか……」

　ふわっと風に乗ってカップルの背後に浮かんだ源治郎は、二人がくすくすと笑いながら見ているスマートフォンを覗き込んだ。

「まだまだ好奇心はたっぷりありそうですよ。見えないからって人のスマホを覗き見するなんて駄目でしょう。まだ現世にいるわけですから、姿は見えないとはいえ節度は守ってもらわないと」

「透明人間になれたら、人は一番先に下世話なことを考えるものらしいぞ。そう気にしたものでもあるまい」

　鷹揚に取りなす父を軽く睨んで、慧海は源治郎の様子を窺う。

　スマートフォンを見る二人の肩がときどき触れ合い、そのたびに軽い笑い声が上がるさまに源治郎は優しい眼差しを注ぐ。口元には微笑みが浮かび、丸い顔がいっそう福々しく見えた。

「源治郎さんはカップルが好きなんでしょうか？」

「そうなのか？」

　慧海の視線と同じ方向を見て、父は首を傾げる。

「ええ。すごく嬉しそうな顔なんですよ。この間も縁結びの願いに来た女子中学生を幸せそうに見ていましたよ。……やはり霊体になっても生きているときと同じように、恋バナに興味があるんですかね？」

「こいばな？」

「恋愛の話です」

「まったく、若者は体力があるのにすぐに言葉を省略するんだな」

「体力があるから、やりたいことがたくさんある。だから時間がもったいないので、カットできるところはカットするってことじゃないですか？」

「なるほど。ということは、やることがなくなると話が長くなるのか……」

　珍しく渋い表情をした父の様子に聞き返す。

「どうしたんですか？　何か思い当たる節でもありましたか？」

「この間、檀家の田村さんの奥さんに、住職さまはお話が丁寧になりましたね、って言われたんだよ」

「丁寧なら褒め言葉でしょう？」

「いや、あの田村さんの奥さんだぞ？　目が笑ってなくて、あれはどう見ても嫌みだった」

(あの奥さんなら褒め言葉じゃないってのは俺も同意だ)

　背中を丸めいつも声の小さい夫をカバーするかのように胸を張り、上品な言い回しは棘だらけだ。本気で顔をしかめた父に、田村夫人の日頃の言動を思い出して笑いを堪えようとした慧海の唇が歪んだ。

「では、次は短くすればいいじゃないですか」

「それならそれでお布施分話さなかったと言われるに決まってる」

真面目に返された言葉に慧海がとうとう噴き出すと、父も釣られたように笑った。

「まあ田村さんも悪気はないんだろうが、頭のいい方だからついつい何か意見らしいことを言いたくなるんだな。たぶん若いときからあの人は講釈を垂れるのが好きで、おまえが言う恋バナとやらはくだらないと思うタイプだろう」

父はようやく話を元に戻す。

「だから、生きていようが霊になろうが、恋バナが好きかどうかはその人次第。なんとも言えないよ、慧海」

「そうですよねえ。源治郎さんはそういう話題に関心があるタイプなんですね。元気だな」

幼いカップルが二人で手を合わせて熱心に祈るのを源治郎はじっと見つめ、やがてため息をついた。

「え？」

「どうした？　慧海」

「いえ……源治郎さんが……」

幸せそうな顔が不意に歪んで、目じりが哀しげに下がる。

(どうしたんだ？　源治郎さん。どこか痛いのか？)

今さら痛いも痒いもないとは思うが、この世にいる限り何か具合が悪いことはあるのかもしれない。

心配になって源治郎のほうへ一歩足を踏み出すと、気配を感じたのか源治郎がふわっと漂いながら近づいてきた。

「どうかしたんですか？　何か不都合でもありましたか？」

目の前に来た哀しそうな源治郎に、慧海は尋ねた。あまりに寂しそうなのでいつものように、出歩いたことを注意する気になれなかった。

源治郎が見えるはずのない父も源治郎がいる方向に顔を向ける。

二人に見つめられた源治郎は力なく首を横に振った。

「慧海、源治郎さんがどうかしたのか？」

父の言葉に源治郎がすまなそうな顔で肩をすくめて身体を丸める。

「少しお元気がないようなんです。さっきまでにこにこと中学生を見ていたんですけれど、急に哀しそうな顔になってしまって……源治郎さん、どこか痛いんですか？」

「まさか、痛いはないんじゃないか？」

眉根を寄せた父に視線を流して、源治郎は頷く。

「ならいいですけど……とにかく、風に当たるとよくないですよ。もう戻ってください」

生身の人に言うように慧海は源治郎を促した。

慧海の勧めに肩を落としたまま納骨堂のほうへ戻ろうとしたものの、中途半端に宙に浮いたまま源治郎はもう一度中学生たちを見た。

「そんなにあの二人が気になるんですか？」

そうだともそうでないとも取れるように、源治郎は哀しい顔のまま慧海を見返す。

（うわっ……そんな顔で見られたら……なんか呪われそう）

僧侶にあるまじき感想を抱いて慧海が思わず後ずさると、その様子を見ていた父が「ああ」と頷いた。

「お孫さんかな？」

父の言葉に、源治郎がふうと息を吐く。

「お孫さんって？」

姿は見えないのに、正確に源治郎のいる方向を向いている父に尋ねる。

「源治郎さんのところのお孫さん、確か中学生だったはずだ」

「はい。そうですね――あ……」

特に考えもせずに答えている途中で、慧海も父の言いたいことに気がつく。

「そういえば、お孫さん、最近いらっしゃいませんね……」

以前から源治郎が孫が来るのを楽しみにしていることは知っている。

同じ年頃の子どもたちを見ると、訪れが間遠になっている孫を思い出してしまうのだろう。

慧海はふわんと浮いたまま止まっている源治郎に駆け寄った。

「源治郎さん、もうすぐ八月のお盆ですから、お孫さんはきっといらっしゃいますよ」

だが源治郎は唇に指を当てて少し寂しそうに首を横に振る。その様子はまるで「来ないと思う」と言っているようだった。

「でも、お盆ですからきっと……」

源治郎は口に当てていた手を丸めて空中で左右に動かす。

（ん？　何だ？）

動きの意味を読み取ろうとして慧海はじっと見つめる。

源治郎ももどかしい顔で必死に丸めた手を動かしたあと、何かを持つように片手を開いてもう一方の手で捲る仕草をした。

（本のページを捲ってるのか？　小説じゃない……よな……）

「ん？　勉強？　あ！　塾か！」

ジェスチャーの意味がわかった嬉しさで慧海が上げた声に、源治郎も何度も頷く。そういえば源治郎の孫は受験生だ。夏休みともなればかえって勉強に忙しいときだろう。

この間テレビで見たところによると、受験塾の休みは正月一日だけらしい。

（夏こそライバルに差をつけるとか言ってたっけ。全部の塾がそうってこともないんだろうけど、高校受験ともなればもっと厳しいのかもしれないいな）

「たとえ盆が無理でも受験が無事に済めば報告にいらっしゃいますよ。待ってあげてください」

そう言うことしかできない慧海に、源治郎は諦めたような目をして俯いた。

「源治郎さん……」

それ以上何も言えなくなった慧海にくるりと背を向けた源治郎は、いかにも力なく納骨堂へと戻っていく。

「生きている者は忙しいからな」

源治郎の気配が消えたのを察したのか、父が静かに言う。

「はい。待っているほうには長い時間ですが、生活に追われている者にとって時間の流れは速いと思います」

「そうだな。一周忌、三回忌、節目ごとの供養の連絡をしても、もうそんな時期か、忙しくて忘れていたと言われることも多い。逝った人をないがしろにしているわけではなく、今の世の中では生きるということがただただ忙しいんだと、私も感じているよ」

「お孫さんが盆にお参りにくるといいんですが」

「そうだなあ……」

いつも飄々としている父の自信がなさそうな返事に、慧海もいっそう不安な気持ちになるのを抑えられなかった。

5

佐藤家の納骨壇の前で、源治郎の息子夫婦が手を合わせた。

「本日はありがとうございました。ご住職。こちらの都合で七月予定を今日に変えていただき助かりました」

合掌を解いた息子の俊夫(としお)が、供養の経を上げた父と慧海に丁寧に頭を下げた。

「お暑い中、ご苦労様でございました。佐藤さん」

父が頭を下げるのに合わせて慧海も一礼する。

八月も中旬とはいえ真夏日が続いていて、地下の納骨堂の冷気が心地よい。

到着時は赤い顔で盛んに汗を拭いていた佐藤夫妻も、ようやく人心地がついたらしく落ち着いた顔色になった。

隙があれば外に出てくる源治郎だが、息子夫婦がお参りに来ているとあってはさすがに中で神妙にしてくれているのだろう。電気蠟燭に照らされた納骨壇はしんと静まりかえっていた。

「早いもので来年の春にはもう三回忌ですね」

「そうなんです。ご住職。見送ったのが昨日のような気もしますし、随分経ったような気持ちになるときもあります」

俊夫はそう言って、何かを思い出すように目を細めた。

「おかしなことですが、家族全員、まだ家に父がいるように思ってしまうときもあるんです」

「そうおっしゃる方は多いですよ。大切な人が本当にいなくなってしまったということは、なかなか受け入れられるものではありません」

父の言葉に俊夫と妻の智恵(ともえ)が揃って頷く。

連れ合いを先に亡くした源治郎と、息子夫婦はずっと同居だったと聞いている。別家族となった子どもと親との仲は難しい場合もままあるが、今の様子では上手くいっていたようだと慧海は察する。

（だったら孫もお参りぐらい来てもいいのに。まったく。どんだけ受験で忙しいんだか知らないけど、薄情なもんだ）

情はあっても思うようにいかないことぐらい頭ではわかっていながらも、孫を待っている源治郎の透けた背中の寂しさが脳裏から離れない慧海は腹の中で文句を言った。

（今だって源治郎さんはがっかりしてるんだろうな……）

しんと静まりかえった納骨壇をちらちらと窺ってしまう。

「ところで——息子さんの陽向（ひなた）くんはお元気ですか？」

慧海と同じように気になっていたのだろう。父がさりげなく切り出した。

「おかげさまで」

息子のことを尋ねられた俊夫が満面の笑みを浮かべる。丸い顔立ちと笑顔は霊体の源治郎を偲ばせる。

「今日は陽向くんはどうされたんですか？　具合でも悪くされましたか？」

父の質問に乗じて慧海は尋ねた。

「いえ。塾なんですよ」

ちょっと仕方なさそうな顔で俊夫が頬を掻く。

「私たちの頃と違って、今の受験生は大変ですね」

厳しい顔の慧海に変わって父が同調する。

「本当にいまどきの塾は厳しいんですよ。合格率を上げないと塾の実績にさしさわるっていうのもあるんでしょうけれど……こちらも塾に行かせている以上、勝手にお休みするわけにもいかないですしね」

夫によく似た雰囲気の妻の智恵が落ち着いた口調で控えめに言う。

「三回忌には連れてきますが、今はとにかく勉強に集中させないと、あとで後悔しても始まりませんから」

「ええ、ええ、わかります」

慧海の不満を抑え込むように父が大きく頷く。

「源治郎さんもきっとそれを望んでいます」

(そうなんだろうか？)

佐藤夫妻と父が納得したように頷き合うのを見ながら、慧海の抱えた疑問が膨らむ。

今生きている人の生活が優先されることは、慧海も同意する。けれど成仏できずにいる源治郎のことも同じほど心配するのは、僧侶として当然だとも思う。

(見えない分にはそれでいいんだろうけど、俺は源治郎さんの表情が見えるから、どうしても気になってしまうんだよ)

楽しそうな若いカップルや参詣者を見ながら、笑顔になったりため息をついたりしていた源治郎の姿が忘れられない。

源治郎と直接会話することができない以上想像でしかないが、源治郎は孫を心から気遣っていた。

必死に勉強する仕草をしたときに見せた苦しげな顔はわざと作ったものではない。あれは単に孫に会えないことが辛いのではなく、孫が勉強ばかりしていることを心配していたのではないかと思える。

同じ年頃の子たちは、人を好きになったり、デートをしたりしている。なのにひたすら塾に通い、「青春」というキラキラした日常から遠ざかっているような孫の生活を案じているのではないだろうか。

(塾が悪いってわけじゃ全然ないし、陽向くんが志望校への合格を目指して必死に勉強するのは立派だ。失敗したら人生が変わっちゃうって考えても不思議ではないよな。俺だって、大学に受からなくて坊主になれなかったら、それから先の人生どうしようって思ったもんな……)

気配すらない源治郎の納骨壇を見つめて慧海は複雑な気分で顔をしかめた。

(でもさ……どうやって生きても最期は来るんだって思えば、のびのび楽しく生きてほしいって願う源治郎さんの気持ちもわかる気がするよなぁ……)

年齢に不釣り合いな感慨を抱いて、慧海は姿を見せない源治郎の内心を推し量った。

6

間衣の裾をぱんぱんと整えて慧海は佐藤家へと向かう。

九月に入ったというのに残暑が厳しい。袂から入る風も生ぬるく、汗が引くようなものではない。

(着物がないと僧侶に見えないから仕方ないけど、ホントにあっつい。Tシャツ袈裟とか作ったら儲かるのに、誰かやらないかな……)

誰が聞いているとも限らないので慧海は慎重に腹の中だけでぼやく。

父にこの格好は暑苦しいと言うと「心頭を滅却すれば火もまた涼し」ともっともらしい顔で返されたけれど、その本人は短パンTシャツでのんびり掃除をしていた。

(調子いいんだから……親父を見ていたら僧侶って案外楽そうとか不謹慎なことを思ったけど、実際なったら厳しいんだな。これが)

キャリアの差だとは思うけれど、父のように力を抜くところと入れるところが上手く使い分けられない。

しかも父が上司の権限で、面倒なことをあれこれ押しつけているような気がする。家族経営ではパワハラで訴える先もない。

今日も朝から三十度を超える暑さの中、佐藤源治郎の息子の家に行ってこいと言われた。

(俺が掃除をしておくから自分で行けばいいのに)

日陰を選んで歩きながら慧海のぼやきは止まらない。

もっとも今日、源治郎の家に行くことになった直接の原因は慧海にあった。

先日盆のときのことを、世間話のついでに柴門に話した。

『源治郎さんは孫に会いたいっていうより、孫が勉強ばかりして辛くないかとか、幸せかどうか気になっているって感じなんだ』

当初は若い人たちの参詣を喜んでいた源治郎の複雑そうな最近の様子と、孫が塾で忙しくお参りに来られなかったことを説明した。特に約束もなく缶ビールを手にふらっと顔を出す柴門は、こういうときいい話し相手になってくれる。

『お参りなら半日ぐらいでできることだけど、一日も休みたくないいんだろうね。受験生は受験に失敗したらこの世の終わりって感じになるから』

『そうだよな。本当は充分に取り返しのつく失敗なんだって、大人になるとわかるんだけどな』

『子どもをそういう気持ちにさせる環境も問題なんだろう。結婚相談所に来る人だって、結婚できないとこの世の終わりみたいな考え方をする人もいるよ。真面目なのはいいことだけど、なんでもこうじゃなければ駄目っていうのは、自分で自分の首を絞めるよね』

柴門の声に苦みが交じる。

『……なあ、慧海。今思ったんだけど、もしかしたらその孫が今回の書き込みをしたんじゃないのか？』

二人しかいないのに、柴門は声をひそめた。

『まさかそれはないだろう』

　確かに孫の陽向は中学生で、この松恩院のことをよく知っている人間といえる。柴門が指摘した特徴を備えてはいるがピンと来ない。

『しばらく寺にも来ていないし、そんなことをするような関心もないと思うぞ。受験で忙しいみたいだし』

『その受験のストレスの発散場所としてふっと思いついたとか、寺の人は自分のことを覚えていないだろうから都合がいいとか、いろいろな要素があるんじゃないのか？』

『そんなわけあるか。俺はあの子の顔も名前もちゃんとわかるぞ』

　少しむっとして言い返すと、柴門は「たとえばだよ」と軽くいなす。

『でも、悪く書いているわけじゃないから、たとえその孫のやったことだとしてもストレス発散というよりちょっとした息抜きじゃないのか』

『……そうかなあ』

　俄(にわか)には信じられなくて慧海は煮え切らない返事になった。

　だが柴門からそれと伝え聞いた父が「なるほど、柴門くんの言うことも一理ある」と妙に納得してしまい、確認に行かされることになった。

（確かめるったって直接聞くわけにも行かないし、どうしろっていうんだよ？）

　出がけに、「パソコンやスマホの履歴を調べるとかできるらしいぞ」と、テレビドラマから仕込んだ情報をもっともらしい顔で教えられたが、そんなことができるのは警察だけだろう。警察だってなんらかの重要な疑いや重要な証拠がない限り個人の情報など調べられない。

(俺に何をさせたいんだ？　俺だってパソコンの履歴なんて調べられたくない)

昨日ネット通販で買ったドクロ柄のTシャツを思い出してげっそりする。強い日差しにじりじりと背中を焼かれながら慧海は苛立ちが募ってきた。

(これも修行の一環だと言われても、今の俺は余計な修行はしたくない気分だ)

肌襦袢がぐっしょり汗で濡れた頃、佐藤家の門が見えた。

(駅から十五分は結構遠いけど、いつ見ても立派な家だな)

年季の入った門構えの日本家屋は、手入れがされていて、住んでいる人の心がけの良さを感じさせる。

日差しに目を細めると、門の前で立ち話している男女二人連れが見えた。

(このクソ暑いのに立ち話とは、若い人は元気だね)

あまりの暑さに年寄りじみた感想を抱きながら近づくと、男の子のほうが源治郎の孫の陽向だとわかり、慧海は足を止めた。二人とも制服を着ているので一緒に下校してきたのだろうか。

(学校帰りにデートとか？)

邪魔をするのがはばかられて、慧海は声をかけずに二人の様子を窺う。

「ねえ、これ見てよ。早紀ちゃん」

陽向が早紀と呼んだ女の子に自分のスマートフォンを見せる。

「何？」

日の光を跳ね返すほどキラキラと艶のある髪を耳にかけながら早紀が覗き込む。

声が聞こえるぐらいの場所にいる慧海に気づくことなく、二人は楽しそうに話を続ける。

「お寺？」

「そう、このお寺さ今、評判なんだ。受験が終わったら行ってみない？」

「評判って……何？　えっ？　秘密のデートスポット……」

スマートフォン画面を見ながら早紀が目を丸くする。

「松恩院……ってお寺？　お寺がデートスポットってどういうこと？　なんでぇ？」

頬を赤くしながら早紀が声を上げる。

(ほんとになんでぇだよな。うちがいつ、どういう理由でデートスポットになったんだか、俺も知りたい)

「ちょっと面白いと思わない？」

背後から見ている慧海の気も知らず、スマートフォンを覗き込む早紀の丸い頬を、陽向が横目でちらちらと眺める。

「そうかなあ？　お寺ってそういうとこなの？」

「縁結びのお寺みたいだよ。結構そういうところってあるよね？」

(ない！　ってか、少なくともうちにはそういう御利益はない！)

慧海は内心だけで激しく言い返す。

半信半疑といった表情で首を傾げる早紀を陽向は眩しそうに見つめる。

「だからさ……僕は、……早紀ちゃんと行きたいなぁ……ってちょっと思って」

その言葉に早紀は日差しが入ったように目を細めて頬をいっそう赤く火照らせた。

(おいおい、何やってんだよ？　真っ昼間だぞ)

なんの問題もないかわいらしい会話だというのに、慧海は頭の固い年配者のような突っ込みを入れる。

だいたい受験勉強が忙しいからという理由で盆のお参りにもこないのに、こんなところで女の子を口説くなどいい度胸だと慧海はむかむかしてくる。

(余裕じゃないか、陽向くん。そんな時間があるなら、ちょっと寺に来て手を合わせることぐらいできるだろう)

内心の怒りが慧海の気配を強めたのか、陽向が何かを探すように振り向いた。

正直そうな丸い目が源治郎に似ているが、背が伸びきっていないような細い身体付きはやはりまだ少年だった。

「あ――松恩院の息子さん……」

慌ててスマートフォンの画面を閉じた陽向が慧海に向かってぺこりと頭を下げた。

(俺のこと覚えてたのか……へぇ)

何度か会っているとはいえ、中学生にとって坊主など皆同じに見えるだろうと考えていた慧海は内心驚きながら礼を返す。

「松恩院……？　縁結びの？」

状況が呑み込めない早紀が尋ねるように陽向と慧海を交互に見る。

「あ、松恩院さんって僕のお祖父ちゃんのお墓があるんだ」

陽向が早口で説明すると、早紀がぱっと顔を明るくした。

「ああ、だから陽向くん、いろいろ知ってたんだね」

「いろいろってほどじゃないけど、お世話になっているから」

（おっ、いいこと言うじゃないか。意外に礼儀正しいな、陽向くん）

さっきまでの評価をころりと変えた慧海は、僧侶らしい慈愛を込めて二人に微笑みかける。

だが渾身の力をふりしぼった慧海の笑みに一瞬ぎょっとしたように早紀は目を見開いた。

（やべぇ。やりすぎたかな……仏像のような微笑みって難しいよな）

「じゃあ、また明日ね、陽向くん」

内心で動揺する慧海から目を逸らした早紀は陽向に向かって言った。

「うん、気をつけて」

にっこりと頷いた早紀は「失礼します」と、今度は慧海にきちんと挨拶をした。真面目そうな視線に、慧海を「変な人」と思っているような気配はない。

（こっちの子も礼儀正しいじゃないか。なかなかいいカップルだ）

さっきまでの感想を棚上げした慧海は、僧侶とは思えない上から目線で二人に高評価を下した。

「あの、今日は何かご用でしょうか？」

内心勝手に評価を上げ下げされているとも知らずに、陽向は慧海に向かって丁寧に尋ねた。

「いいえ。近くに用事があったものですから、ご挨拶にまいりました」

「ありがとうございます。すみませんが母は今出かけています。戻りましたら、松恩院さんがいらっしゃったことを伝えておきます」

慧海の目を見て陽向は真面目な口調で言う。

付け焼き刃ではなさそうな言葉遣いとまっすぐな視線に、大切に育てられている様子が垣間見えて慧海は心からの笑顔になった。

「先日、御両親がお盆のお参りに来てくださったときに、陽向くんはお忙しいと伺いましたが、お元気そうで安心しました」

「……あの日は塾の試験で行けなくて……残念でした」

そのときのことを思い出したのか、陽向は不満そうに唇を尖らせたものの、すぐに表情を改めて慧海を見上げた。

「あの、祖父は元気ですか？」

「え？」

意外な質問に慧海は声が出た。

身近な人を失ったことを受け入れない家族などから、いろいろな質問を受けることはままある。

――あの人はどこにいるのでしょうか。

――あの世ってあるのですか？

――天国にいるのでしょうか？　私たちを見ていますか？

もちろん慧海に何がわかるわけでもない。霊体が見えるといっても見えるだけで心のうちまではわからないし、霊体が何を感じてどう考えているかもわからない。

生きていても、そうでなくても、結局他人のことなどわからないものだ。

それでも哀しみにくれているとき、人は誰かに助けを求めずにはいられないのだと、慧海は僧侶になってから気づいた。

だからどんな突飛な質問にも驚かず否定せず、そう尋ねずにはいられない人の気持ちに寄り添うことを常に念頭に置いている。実際にできるできないは別にして、心がけは大切だ。

だが、受験で頭がいっぱいの中学生から、直球で来た思いもかけない問いかけに慧海は驚きを隠せなかった。

「あ、変なこと言ってすみません」

頬を赤くした陽向の顔に我に返った慧海は、首を横に振った。

「いいえ、こちらこそすみません。お祖父さまがお元気というのはどういう意味かお伺いしてもよろしいですか？」

慧海の問いかけに陽向は、両手の拳をぎゅっと握って口を開いた。

「そのままです」

舌で唇を湿して陽向は続ける。

「僕、お寺に行くといつもお祖父ちゃんがそこにいるように感じるんです」

祖父ではなくお祖父ちゃんと呼んだことで、陽向の言葉が本音に聞こえて慧海は頷いて先を促す。

「お祖父ちゃんの気配を感じるっていうか、不意に首筋や背中が温かくなって、まるでお祖父ちゃんに触れられているみたいなんです」

「……なるほど」

陽向は少し困ったような顔をするが、源治郎が見えている慧海にはまったく不思議なことではない。むしろ見えなくても、陽向が祖父の気配を正確にキャッチしていることに少なからず感動した。

「だから僕、お寺に行くとお祖父ちゃんに会えるんだ、今はこの家にいないけれど、お寺にはいるんだって思ってしまうんです。お祖父ちゃんがこの世にいないってことが、正直まだピンとこなくて……つい、お祖父ちゃんは元気かな？　って考えちゃうんです……変ですよね」

最後は笑いに変えるように陽向は頰の辺りを照れくさそうに擦った。その仕草は父の俊夫譲りのようで微笑ましい。

「変ではありませんよ」

慧海は静かに言う。

「月並みな言い方に聞こえるかもしれませんが、人の魂は消えることはないと私は考えています。たとえ身体はこの世から離れても、心ではいつも大切な人の幸せを願っていると思うのです。だから陽向くんがお祖父さまを忘れない限り、陽向くんはお祖父さまを側に感じることができるはずです」

「そうなんですか？」

陽向の視線に期待と不安が交じる。

「はい、私はそう思っています。これからもどうぞ心ゆくまでお祖父さまを思ってあげてください。お祖父さまもきっとお喜びになるでしょう」

源治郎がどれほど陽向を心配しているかを知る慧海は心から言う。お座なりではない気持ちが伝わったのだろう。陽向がほっとしたように笑った。

「では、私はこれで」

松恩院についての書き込みの主が陽向かどうかは結局わからないが、彼が源治郎を思っていることは疑いようがない。未だに源治郎が寺に「いる」と感じているらしい彼が、その源治郎が住む松恩院を貶めるようなことをするはずはない。

それだけわかればとりあえずはいいと考えて、慧海は暇を述べた。

「あの——すみません」

帰りかけた慧海を陽向が呼び止める。

「はい。何か？」

向き直ると陽向が窺うように上目遣いになった。

「あの、ちょっとお聞きしたいんですが、……最近松恩院さんが評判になっているってご存じですか？」

「評判？」

素知らぬ顔で聞き返すと、陽向の顔にがっかりしたような表情が浮かぶ。

「何か？　うちの寺に不都合がありましたか？」

「あ、いいえ——全然」

重ねて聞くと慌てたように首と手をぶんぶんと横に振った。

さすがに中学生相手にそれ以上ムキになるのも大人げないと、慧海は軽く頷くだけに留めた。

「では——お父さまとお母さまによろしくお伝えください」

もう一度言ってからゆっくりと背中を向ける。

「……まだまだ集まってないのかなぁ……結構頑張っているのに……」

風下になった慧海の耳に陽向の呟きが流れてきた。

(やっぱり陽向くんだったのか……ビンゴだ、柴門！　ＦＢＩのプロファイラー並みの読みだ)

柴門の目の付け所の確かさに驚く。

(それにしてもなんのために、そんなことをしたのかな？)

日陰を選んで歩くことも忘れ、じりじりと日に焼かれながら慧海は考える。

――松恩院……ってお寺？　お寺がデートスポットってどういうこと？

――縁結びのお寺みたいだよ。結構そういうところってあるよね？

――だからさ……僕は、……早紀ちゃんと行きたいなぁ……ってちょっと思って。

(彼女とのデートで来たかったとか？)

会話の流れからそう考えてみても、やはり納得がいかない。

「わざわざ新しくデート場所を作らなくたって、他にいくらでもあるよな。映画とか遊園地とか、イベント会場とかさ」

汗を流しながら慧海は疑問を口に出す。

わざわざ手間暇かけて松恩院をデートスポットに仕立て上げる理由がわからない。

「やっぱり柴門が言うように、ちょっとした受験の息抜きなのかなあ……」

目に入った汗を拭いながら慧海は友人の見解を思い出す。

――悪気があってやっているとも思えないし、しばらくはそっとしておいていいんじゃないかな。

「結局はそういうことかもな。あれこれ案じず、全てを阿弥陀仏にお任せする心が大事なんだ……ってな。親父なら言いそうだ」

ようやく駅に着いた慧海は、多少不謹慎ながらそう結論づけることで自分を慰めた。

7

全てを阿弥陀仏にお任せしてはいるものの、いっそう増えた若い参詣客に慧海はたじたじとなっている。

「お父さん……これ、いいんですかね？　今日みたいな天気のいい日曜日はほんとに大勢来ますよね」

本堂に向かって熱心に手を合わせる十代の客に、慧海は後ろめたさを感じずにはいられない。

「いいんだ。別に御仏に何を願おうが個人の自由だ」

あっさりと答える父に慧海は顔をしかめる。

「騙している気分なんですけど」

「なんともったいないことを言う。いいか、慧海」

父は真面目な顔を慧海に向けてきた。

「あれを叶えてほしい、これをこうしてほしいと、御仏に何かを願うというのは、本来の信心とは少し違うのだぞ。御仏は人の欲望を叶える存在ではなく、人の欲を捨てさせて心穏やかにさせるものだ」

父からのほほんとした気配が消えて、慧海を僅かにたじろがせる。

「けれどそれでも人は何かを願うことから逃れられない。ならばどこでもいい、御仏に手を合わせることで己の心を知ればいい。試験に合格したいでもいい、恋を叶えたいでもいい、自分が今したいことを見極めてしっかり生きる。この寺がその助けになればそれはそれで立派なことだと、私は考えている」

厳しさを宿した視線が慧海に注がれる。

「あれこれ案じず、全てを阿弥陀仏にお任せする心が大事だぞ、慧海」

「はい」

迷いのない父の言葉に慧海は思わず頭を垂れた。

「ついでにお賽銭がいただければいっそうにありがたい」

財布を覗き込んでじゃらじゃらと賽銭箱に硬貨を投じる青年の背中に、父は手を合わせた。

「……そうですね……」

住職らしい説教口調を一転させた父に慧海は腰砕けになりながら同意した。

（ほんと、食えない親父だよ）

自分の父ながらまったく何を考えているのかわからないときがあるが、自分より遥かに上手であるのは確かだ。

「そういえば、源治郎さんはどうしている？」

当分は頭が上がりそうにない気分で落ちこむ慧海に、父が思い出したように尋ねる。

「今はそこにいらっしゃいますよ」

慧海は視線で父の頭上を示した。

「なんと――」

さすがに驚いたのか父が自分の頭の上に手をやって空気をかき混ぜる仕草をした。その手の動きに戯れるように源治郎はくるっと一回転して、慧海に悪戯っぽく笑いかけた。

「今日もお元気ですよ。どこかのアイドルグループみたいにバク転していますす」

「そうか。元気なら結構だ」

そう言いながらもその存在を確かめるように、父はもう一度頭上で手を振った。

「相変わらず若いカップルに関心があるのか？」

「ありありです。最近は前より熱心ですよ」

「お孫さんのことはどうなったんだ？　心配はなくなったのか？」

父の手をすいっとくぐり抜けた源治郎は楽しそうにくるくると回りながら、境内の若いカップルの周囲を飛び回っている。

「僕がこの間、お孫さんの陽向くんに会ったじゃないですか」

気づかれると話が面倒になることは間違いないので、カップルの周りを飛んでいる源治郎には聞こえないように慧海は小声になる。

「私の勧めでだったな」

「そうです！　お父さんに探偵まがいのことを言いつけられたときの話ですよっ！」

自慢げにちゃちゃを入れる父を遮るように慧海は声が大きくなったが、源治郎が驚いたようにこちらを見たので、何でもないというように源治郎に頷いてみせる。だがあれこれと気を遣う慧海の様子に頓着せずに父はいつもの調子でのんびりと言う。

「痩せても枯れても私は僧侶だ。そんなことを言うはずはない。おまえの勘違いだろう」

「勘違いさせるほうにも問題があるんですけど――それはともかくですね」

長くなれば父に言いくるめられることはこれまでの経験でわかっているので、ひそひそ声ながらも慧海は自分から話を変える。

「そのときに、陽向くんと話したんです。源治郎さんのお墓参りに来られなくて残念だったこととか、今でもお祖父さんの源治郎さんが生きてる気がするってこととか」

「それは身近な人間を亡くした人にはよくあることだね」

「僕もそう思います。でも陽向くんは、僕に『祖父は元気ですか？』って聞いたんですよ」

「それはまた、突拍子もないな」

「彼は、お祖父さんが実家からこの松恩院に住まいを変えただけのような気がしてならないんだそうです。この寺に来るたびに、お祖父さんの気配や体温を肌で感じると言ってました」

「彼はおまえのように、霊体が見える体質なのか？」

声をひそめて聞く父に慧海は首を横に振る。

「そうじゃないようですが、源治郎さんのことを本当に大好きだったんでしょうね。今でもそばにいる源治郎さんの気配を素直に感じとっているみたいです」

「なるほど。愛か」

「愛ですね」

慧海は父と顔を見合わせて頷く。

「源治郎さんにそのことを言ったら、本当に嬉しそうな顔をしていました」

――陽向くんが、お祖父ちゃんは元気ですか？　と聞いていましたよ。

そう伝えたときの源治郎の表情を慧海ははっきりと思い出せる。

幸せそうで、懐かしそうで、そして孫に心配をかけていることが少しだけ悔しそうだった。それでも源治郎は孫が元気で、しかも自分のことを心配してくれていることがわかってからは、若い子たちを見て辛そうな顔をすることはなくなった。

「陽向くんは源治郎さんのことを忘れたわけではありません。落ち着いたらきっとまた来てくれますよ」

「そうだな。生身の人間と霊体とでは時間の流れが違うからな。源治郎さんには我慢してもらうしかない」

「はい。僕もそう思います。……そろそろ事務所に戻りましょう。書類を片付けたらちょうどお昼になります」

「暑いから素麺かざる蕎麦がいいな」

「お母さん次第ですよ。茹でるほうは暑いんですから。この間も叱られたばかりじゃないですか」

真夏日が続いてばてていた母が夕食を出前にしたがったとき、父が「簡単に天ぷらと素麺でいいぞ」と言ってしまい母の怒りに火をつけた。ぐったりと半眼になっていた母がいきなりかっと目を見開き、「誰が素麺を茹でて、誰が天ぷらを揚げるわけ!? この暑いのにガス台の前に延々立ってたら、あたしが仏になるからねっ！」とぶち切れた。

母の勢いに男二人は為す術もなく、手分けして素麺と天ぷらを作り、冷房以上の冷気が漂う食卓を三人で囲んだ。

「……心頭を滅却すれば火もまた涼しだぞ」

「それをお母さんに言えるものなら言ってください」

暑さで弛みそうな襟元を整えながら慧海が釘を刺すと、父が恥ずかしげな顔で顎を撫でた。

息子にはああ言えばこう言うを地でいく父も、高校時代からの付き合いになる妻には弱腰になる。

「ああ……と、では私は戻るが、源治郎さんはどうするんだ？」

言葉に詰まりながら話を変える父に慧海は笑いを堪えつつ答える。

「霊体が熱中症になるということはないと思いますが、そろそろ戻っていただかないと、いけませんね」

境内を浮遊する源治郎を視線で追いかけた慧海に、ちょうど表門から入ってきた夫婦が頭を下げた。

「あ、佐藤さん」

慧海の声に、先に戻ろうとしていた父も足を止めて頭を下げた。

「先日はわざわざ拙宅までお越しいただいたとのことで、ありがとうございます」

「いえいえ、所用で近くに行ったものですから。突然伺ってこちらこそすみませんでした」

陽向がきちんと伝言してくれたことに改めて感謝しつつ、慧海は頭を下げた。

「お暑い中、わざわざお越しいただき恐縮です。佐藤さん」

父がさっきまでのしょぼくれた感をぬぐい去り、鷹揚な笑みを浮かべる。

「息子はまだまだ修行中ですので、機会があればご縁のある方にお会いするようにさせております。お気になさらないでいただけると助かります」

(探偵まがいのことをさせようとしたくせに、調子いいよな)

内心毒づきつつもにこやかに応じながら、慧海はさりげなく源治郎を探した。

若い子たちの周囲をあたかも公転するかのように浮遊していた源治郎が、ぴたっと止まってこちらを見ている。

（どうした？）

動きを止めた源治郎が口元を両手で押さえた。それはまるで「ヤバい。見られた」とでも言っているようで、慧海は噴き出しそうになる。

目を丸くした源治郎の頬は赤く染まっていた。

慧海と目があった源治郎はぱちりと瞬きすると、凄まじい勢いで納骨堂のほうへと飛んでいく。

（うわっ……あんな速く動けるんだ）

いつも漂っている源治郎しか見たことがない慧海はその速さに驚いた。

「何をぼーっとしてるんだ、慧海。失礼だぞ」

父に促されて慧海は我に返る。

「暑いですからね」

そういう俊夫もしきりに首筋の汗を拭っている。

「すみません。どうぞ中へ。冷たいお茶でもお持ちします」

先に立った慧海は夫妻を涼しい屋内へと誘った。

冷房の効いた部屋でまた夫の俊夫は汗を拭った。

「本当に今年は残暑が厳しいです」

「毎年そう言ってる気がしますよ。お父さん」

隣で妻の智恵が笑う。会話の自然なタイミングで夫婦仲の良さがわかる。

「それにしても松恩院さんも随分若い人が増えましたね。驚きました」

「今は、ほら、お寺とか人気でしょう？　お父さん」

「そうなのか？」

驚いたように聞き返す俊夫に智恵がふんわりと頷く。

「今は御朱印ガールとか仏女（ぶつじょ）とかいって若い女の子がお寺巡りをするってテレビで見ましたよ。松恩院さんでは御朱印の授与はないけれど、慧海さんみたいに若い僧侶もいらっしゃるしね」

「そうなのか？　初めて聞いた」

妻の言葉に正直に驚く俊夫と一緒に慧海も驚く。

（ぶつじょ？　俺は聞いたことねぇ……そういえば美坊主とか柴門が言ってたな。その流れか？　マジわかんねぇ）

「それはありがたいことです」

世の中の好みの細分化にくらくらする慧海を尻目に父は調子よく相づちを打った。

「ですが静けさを求めていらっしゃる方には少し騒がしいかも知れませんね。納骨堂で供養されている方々もあまりの賑やかさに驚くかもしれません」

「いえいえ、少なくともうちの父は喜びます」

麦茶を一口飲んだ俊夫が何かを思い出すように目を細めた。

「本当にね」

智恵も同じような目をして、おかしそうに小さく笑う。

「そうなんですか？」

二人の気の合った意見に慧海は思わず聞き返す。

「それはもう、絶対に」

智恵のほうが小刻みに頷いて慧海を見返す。

「お義父さんは本当に賑やかなことが好きで、多少騒がしいぐらいがいいんだっていうのが口癖でした」

「そうだったなあ。若い人が楽しく自由に振る舞える時代っていうのはいいものだ、平和な証拠だって、よくそう言ってました」

思い出すように語る俊夫の言葉に父は深く頷いた。

大黒天似の福相に隠された源治郎の苦労に触れた気がして慧海は胸を突かれる。以前に柴門が連れてきた松田佐織里の曽祖父の事件も思い出して、しんみりした気持ちになった。

「でもそうは言っても、派手で楽しいことが好きなのは父の元からの性分だったと思います。高齢者向けのサークル活動とかラジオ体操なんて、ご近所付き合いでも絶対に行きませんでしたから」

「そうそう。ゲートボール大会に参加しろって何度誘われても、そんな辛気くさい年寄りの集まりに行けるか！　って怒ってましたよね。どうせならゴルフに誘えって」

「ゴルフなんてしないくせにな」

また顔を見合わせて夫妻は笑う。

確かに源治郎は霊体になった今でも好奇心が旺盛で、あまり年寄りじみた感じがない。あれは現身を脱ぎ捨てた身軽さではなく、元からの性格だと言われると、妙に腑に落ちた。

「では源治郎さんは普段は何をされていたんですかね？」

「一番好きだったのはゲームでした」

「ゲーム？　麻雀とか、競馬とかですか？」

面白そうな顔で答えた俊夫に父が反応する。

「いえいえ……あれは、テレビゲームっていうのかな？　なあ、智恵」

あやふやな顔で首を傾げた俊夫が智恵に同意を求めて隣を向く。

「パソコンのゲームじゃないですか？　陽向がお祖父さんのためにテレビでできるようにセットしたんですよ」

「パソコンのゲームをやってらっしゃったんですか？」

八十を過ぎた源治郎がパソコンゲームをやっていたことにびっくりして、慧海は話に割り込む。

「そうですよ。陽向と一緒にやってましてね、モンスターを倒したって自慢してましたっけ」

「それに陽向くんは付き合っていたんですね。優しいお孫さんで、羨ましいですな」

父の言葉に慧海も深く頷く。だが俊夫と智恵はまた顔を見合わせてから笑った。

「いえいえ、陽向も一緒に楽しんでるように見えました。なあ、智恵」

「はい。気が合ってましたね。お義父さんはなんて言うか、感覚が若々しくて、若い子に説教したがるような人じゃなかったです。私も嫁に来てから口うるさくあれこれ言われた記憶がありません」

　智恵はしみじみとした口調になる。

「それどころか、たまには夫と子ども抜きで外に遊びに行けとか、旅行へ行けとか言って、私にお小遣いをくれるような人でしたよ」

「陽向も父が好きだったと思います。祖父としては威厳のない人でしたが、それでも慕ってくれていたのは嘘ではなかったはずです」

「友だちのような祖父というのもいいじゃないですか。人の繋がりは十人いれば十通りがあるものです」

「おっしゃるとおりですね、ご住職。ですが、父が調子に乗って陽向をけしかけるのには少々困ってましたよ」

　俊夫が苦笑して慧海と父を交互に見る。

「陽向が中学に入った頃から、早く彼女を連れて来いって言い出して、それはもううるさかったですよ」

「彼女ですか……そりゃあまた捌けた話ですな」

「捌けたって言えば聞こえはいいですけどね。これから高校受験を控えた中学生にかける言葉じゃないですよ、ご住職」

「冗談じゃないんですか？」

そう問いかけた慧海に俊夫が「冗談ならいいんですけどね」と軽く首を振る。

「男なら勉強ばっかりしてないで、かわいい彼女を連れて来いなんて発破をかけるんですよ。私が止めると『彼女ぐらい作らないと戦地に行かされたときに後悔する』なんて、今じゃありもしないことを真顔で言うんですからね。困っちゃいました」

さすがに噴き出す慧海に、俊夫も釣られたように笑ってから少し表情を改める。

「父はいわゆる焼け跡世代なんです。子ども時代が戦時中では楽しいことも少なかったのでしょう。だからこそ、そういう言葉が出たんだと思うんです」

「ああ……なるほど……そうでしたか。そうですね。お父さまのご年齢からいくと少年時代が戦争中ということになりますか」

父の問いかけに俊夫は「そうですね」と頷く。

「戦争の話はめったにしない人でしたが、苦労はしたんだと思います。結婚したときにはもう四十で、私の同級生の父親たちの倍近いような年齢でしたから、学校の運動会なんかは大変だったようです。それでも、楽しい楽しいって笑いながら一緒に走ってくれましたよ」

懐かしそうな目をして俊夫は語り、隣の智恵も優しい顔で頷いた。

「私も結婚が決して早いとは言えなかったので、父には心配をかけました。勉強しろとは言わないのに、好きな人はいないのかというのだけは何故かうるさくて……智恵を紹介したときには泣くほど喜んでくれました」

「ええ。初めてお会いしたとき、お義父さんに『よく来てくれた』って言ってもらって、とても嬉しかったことは忘れません」

少し目を潤ませて智恵が言うと俊夫も「そうだったな」と微笑んだ。

「いつまでも落ち着きがなくて困った人でしたが、陽気で、楽しい父でした」

智恵も同意するように深く頷いた。

「そんなんでしたから、こんなふうに松恩院が賑やかになって、父は喜んでいると思います。不思議なんですが、私は父がまだこのお寺にいるような気がしてなりません。ですから、ここが思いもかけずに若い人で賑やかになったことが嬉しいんです。父はきっと寂しくないだろうと、そう思えてほっとします」

俊夫の言葉と陽向の言葉が慧海の頭の中で意味を持って繋がりかける。

——お祖父ちゃんがこの世にいないってことが、正直まだピンとこなくて……つい、お祖父ちゃんは元気かな？　って考えちゃうんです。

——まだまだ集まってないのかなぁ……結構頑張っているのに……。

「あ——」

パズルのピースがはまった気がして慧海は小さく声を出す。

「どうした、慧海」

自分に集中する六つの目に慧海は、慌てて作り笑いをする。

「いいえ、虫が麦茶に——取り替えてきます」

ごにょごにょと言いながら、夫妻の前にあった麦茶のコップを引き寄せて慧海は席を立った。


相変わらずふらりとやってきた柴門は、いつものように慧海の部屋の畳に腰を下ろす。

「夏とはいえ、座布団ぐらい敷け」

慧海は机の椅子に貼りついたぺたんこの座布団を渡し、自分はベッドに腰を下ろした。

「暑いだろ。この部屋は畳だし、なくても大丈夫だろう」

「冷房も入れてるし、女性だけじゃなく男だって下半身は冷やさないほうがいい。尻を冷やすと痔になるっていうぞ」

「それは嫌だな。聞いたところによると自転車競技の選手に痔が多いらしいが、辛そうだ。あの中腰の体勢が悪いんだろうね」

そう言って柴門は素直に座布団を受け取って尻の下に差し入れた。

「僕の言ったとおり、源治郎さんのお孫さんが書き込みの主だったんだね」

「そう。おまえの推理どおりだった。すごいな」

「僕には普通のことだけどね」

ニヤッと笑った柴門は、持参したコンビニのポリ袋から缶酎ハイを取り出し、慧海に渡す。

「ありがとう。いつも悪いな。飲み物ぐらいこっちで出すのに」

「いや、場所代だ。寺で飲むってなんだか風流な気がして、人格が一段上がった気がするんだ」

　わけのわからないことを言って柴門は自分も酎ハイのプルタブを開けた。

「で、そのお孫さんはどうして書き込みなんてしたんだ？」

「源治郎さん、つまりお祖父ちゃんのためらしい」

　慧海は缶酎ハイを一口飲んでから説明する。

　源治郎が賑やかなことや、若い人が好きだったこと。孫の陽向と友だちのような関係で早く彼女を連れて来いと言っていたこと。孫の陽向が、祖父が元気かと気にしていたこと。

　源治郎の息子夫婦から聞いた佐藤家の温かい家族関係と、祖父と孫の友人のような交流をかいつまんで話した。

「で、結論としては、大好きなお祖父ちゃんがこの寺で寂しくないようにと、陽向くんが書き込みをしたということだ」

「なるほど。お祖父ちゃんのために、若い人をこの寺に集めたかったんだね」

「たぶん。いや、間違いなくそうだと思う」

　――まだまだ集まってないのかなぁ……。

　残念そうな声を思い出して慧海は深く頷いた。

「陽向くんも、好きな子がいるみたいだし、受験が終わったらここに連れてきたいんじゃないかな」

「彼女と墓参り？　渋いね。彼女は寺デートなんて付き合ってくれるのかな？　もしかして彼女は美坊主マニア？」

酎ハイの缶をリズミカルに弾きながら柴門は笑う。

「中学生だぞ、坊主に興味なんてあるもんか」

慧海はぐびっと酎ハイを飲んで柴門を睨んだ。

「デート先としては不自然だからこそ、この寺をデートスポットにしたかったんだろう。評判のデートスポットになれば自分がこの寺に来られない間賑やかになるし、そのうち彼女をこの寺に誘うこともおかしくない。そうすれば不自然な墓参りじゃなくて、自然な形で、彼女をお祖父ちゃんにも紹介できるってことじゃないかな。生前、『早く彼女を連れて来い』って言っていた源治郎さんの願いを叶えてあげられる」

「それはまた深謀遠慮（しんぼうえんりょ）だね。陽向くんって年に似合わずなかなかの策士だ」

「そうだけどな……」

缶を手に、慧海は唇を尖らせた。

「こっちは嘘をついているみたいで、なんとなく落ち着かないんだぞ」

「別に悪い噂でもなく、君が焚きつけたわけでもなし。困ることないさ。源治郎さんは実際楽しそうなんだろ？」

「すっごく。今日も高校生のカップルの周りを衛星のように回っていた。誰かに見られたらほんとにどうするんだか、悩ましい」

「君のように見える人はめったにいない。見えたところで、錯覚だって言えば済む」

「そうかな？」

「そうだよ。世の中霊体なんぞ見えない人のほうが多いんだから、多数派のほうに意見は流れるものだよ」

疑わしさを顕わにして言うが柴門は気楽に請け合った。

「それに、この件について君のお父さんはなんておっしゃってるんだ？　気にされているのか？」

「あれこれ案じず、全てを阿弥陀仏にお任せする心が大事だ、ってさ」

そう言って慧海は、缶酎ハイを飲み干す。

「じゃあ住職さま公認ってことで、すっかり解決だ。万が一ばれたところで、優しい孫がお祖父ちゃんを思う、誰が聞いても泣けるようないい話だよ」

「いい話か……嘘が発端なのに？」

顔をしかめた慧海に柴門が苦笑する。

「嘘だって、いい嘘はあるんだよ」

「そうなのか？」

「そう。恋も結婚もいい嘘をつかないと上手く行かないぞ」

軽い口調だったが柴門の顔に一瞬苦しげな色が走る。彼には似合わない表情に慧海はたじろぐ。

かつて柴門が大学の講師と恋愛関係にあり酷い別れ方をしたことを、互いに口には出さないが、忘れたわけではない。

「結婚相談所にはいろんな人がくるからさ。耳学問ってやつだね」

一瞬言葉を失った慧海の気持ちを解すように柴門は笑った。

「ああ、それにしてもいい話だなあ……久々に人類愛を感じたよ」

「人類愛だなんて大げさだな」

天井を見上げて気持ち良さそうな柴門に、慧海も肩の荷が下りた気持ちで笑い返した。

それぞれの秘密

1

テーブルを挟んで入会者の田中と向かい合った柴門は、履歴書を脇に置いて内容確認をしながら彼の話を聞く。

「結婚相手を紹介してほしいんですが……」

四十二歳になる田中は力なく柴門を見た。

「はい。それはもちろんご尽力いたします」

絶対に紹介します、では嘘になる。これぱかりは相手のあることなので、絶対はないのだ。言質を取られないように注意しながら柴門は答えた。

「私はもう四十を超えてしまい、特に取り柄もありません。……なんとかなるのか、自分でも自信がありません」

俯きがちに話す田中の控えめな態度は、履歴書に記載された立派な経歴とは乖離している印象を受ける。

幼稚園から有名私立校に通い、誰でも知っているような一流大学を出て、これまた有名な一部上場企業に入社し現在は部長。上背もあり、顔立ちは刑事ドラマによく出ている役者に似ている。好みは分かれるだろうが、イケメンと言ってもいいだろう。

(管理職のわりには押しが弱そうだけど……大丈夫なのかな？)

入会審査は履歴書のほかに、戸籍謄本や社員証などのコピーを提出してもらっている。まさか履歴書に嘘が書いてあるわけではないだろうが、思わず疑ってしまうような頼りなさを感じる。

「……私なんかと結婚したいと思ってくれる女性なんか、いませんよね」

田中の内心を推し量っている柴門が口を開く前に、彼はため息をつくように自分からそう言った。

「いいえ、そんなことはありません」

柴門はにこやかに否定する。

「……そうでしょうか」

「はい。拝見したところ、素晴らしい経歴でいらっしゃいます。結婚相手として理想的とも言える条件だと思います」

心からそう言う柴門に田中は深いため息をつく。

「結婚相談が専門の柴門さんにこう言ってはなんですが、結婚は経歴だけではどうにもならないと思うんです。目に見えるスペックだけで、気が合うか合わないかなんて全然わかりません。人はスペック以外を求められる生きものですから」

おっ、という気持ちで柴門は田中を見返した。

結婚相談所に来る人の中には、スペックさえ高ければ自分の思う相手が見つかると考えている人も少なからずいる。

けれどここに勤めて四年目、結婚というのは条件だけではどうにもならないことがわかりかけてきた。

（人間は家電じゃないからね。スペックだけが売りってわけにはいかない）

「おっしゃることは、わかるような気がします。人には相性がありますから、条件が合えばいいというものではないと私も考えています。ですから弊社では、田中さまのご希望を伺って、人としての条件が合う方をご紹介できるように務めます」

柴門の言葉に気持ちが弛んだのか、田中は僅かにほっとしたように顔を上げた。

「私は、年齢も顔立ちにも条件はありません。ただ、気の合う人と向かい合って暮らしたいだけなんです」

「はい。わかります」

切実な口調で訴える田中に、柴門も真剣に頷く。

「私だって、結婚したい相手はいたんです」

柴門の真剣な様子に絆(ほだ)されたのか、胸の塊を吐き出すように田中は声を絞り出した。

「大学生のときに知り合って、彼女と結婚するつもりでした。本当に気が合って、楽しくて、この人となら一生一緒にいられると思ったんです」

「……そうですか」

だったらどうして結婚しなかったのか？　と柴門は尋ねない。結婚相談所のスタッフとして打ち明け話は聞くが、傷を抉(えぐ)るようなことをしてはならないと肝に銘じている。

（どんな棘も自分で抜くしかない）

そう思って相づちを打つだけに留める柴門に、田中は話を続ける。

「付き合っていることは親も、周囲も知っていたのに、いざ結婚となると猛反対されました」

「……それは、……大変でしたね」

相手が言い出さない限り理由を聞くことはしないが、心からの同情を込めて柴門はそう言うに留める。

「大変でした……それも今落ち着いて考えてみれば、筋の通った反対じゃなかったと思うんです」

柴門の受け身の相づちに安堵したように田中はそう切り出した。

「……そうですか」

「ええ。年齢が釣り合わないっていう理由でした」

今でも記憶が生々しいのか、田中の声に苦みが滲む。

「年齢が……釣り合わない……ですか」

「そうです。彼女が一回り年上だったんです。でもそれってただの偏見じゃないですか……私のほうが一回り年上なら何も言わなかったかもしれません」

（年上の女性……）

――あなたの子じゃないの。驚かせてごめんなさい。

――もっと社会的に地位のある男性。あなたとは比べものにならない。

柴門はふっと自分の過去に沈み込みそうになったが、なんとか田中の話に気持ちを戻す。

「大学のゼミのOGということで知り合ったんですが、本当に素敵な人でした。年齢差なんてどうでも良かった。むしろ、年を重ねている分だけ、人に優しい女性でした」

唇を震わせて田中は柴門を見返す。

「なのに、そんな釣り合わない結婚をしたら出世に差し支えるとか、一時の気の迷いだとか、両親を泣かせるつもりかと親戚中に言われて……」

「……そうですか……」

自分と重ね合わせてしまうような話に柴門は胃の辺りがずしりと重くなった。

「人のせいにするのは卑怯ですね……私は、若かったんです。せっかくいい会社に入ったからには出世をしてみたかった。いや、しなければ自分に価値はないと思ったんです。だから……別れてしまいました」

率直な口ぶりからは、彼が自分の過去を真剣に見つめていることが伝わってきた。

「世間的に釣り合うような女性と見合いをしたこともあります。人に紹介されたことも、何度かあります。でも、いつもこの人は何か違うと感じました」

彼はテーブルの下で拳を握りしめた。

「他人に惑わされては駄目なんです。私はこの年でやっとそのことに気がつきました。もう遅いかもしれないけれど、幸せな家庭を作ってみたい。私は結婚したいんです。柴門さん。どうぞよろしくお願いします」

田中はひたと柴門の目を見つめたあと、深々と頭を下げた。

「わかりました。精一杯やらせていただきます」

彼の告白にリンクしたかのような鈍い心の痛みを意識しながら、柴門もまた頭を下げた。


大学卒業と同時に結婚相談所『リースグリーン』に入社して、早四年目になる。

都心から離れた小さなビルの一室を事務所としていて、スタッフは社長も入れて十人という小さな所帯だ。こぢんまりとしているが、その分細やかで家庭的な仲介業者として評判はいい。

大手の相談所で上手く行かなかった相談者が来ることも多く、そこそこ繁盛していると言える。

入社以来、何組を成婚に導いたかはもう覚えていないが、柴門のカウンセラーとしての成績はなかなかだ。成婚数に応じてボーナスもアップされ、取り扱いの難しい会員が回されてくるようになった。

「田中さん、どうするかな」

――年齢も顔立ちにも条件はありません。ただ、気の合う人と向かい合って暮らしたいだけなんです。

一見簡単な希望のようだが、かっちりと具体的な条件が決まっているよりずっと難しい。

(なまじスペックが高いだけに、女性のほうが田中さんの中身より条件で判断してしまうってことがあるし……中身をわかってくれる人か……)

あれこれとマッチング相手を考えてみたものの、いい案が浮かばないまま会社を出た。

(釣り合う釣り合わないって、結局他人が決められないいんだよなあ……本当に気が合って一生仲良く暮らせるなんて奇跡かもしれないって、思うよ)

少しひんやりとした夜風に頬を撫でられた柴門は空を見上げる。

夜の十時ともなれば、都心と違ってネオンのないこの辺りは星がまばらに見える。

「あ、アンドロメダかな……？　そうか、もう秋か。早いな」

いつまでも終わらないかと思った猛暑が過ぎ去っていたことに気づき、時間の流れの速さに驚く。

「こんな日は慧海と二人で月見酒ならぬ星見酒でもしたいけど、この時間じゃもう寝てるな……」

(あいつ、朝の読経があるから用事がないと子どもみたいに早く寝るんだよな。いい大人がよく眠れるよ)

残り半分は胸の中だけで呟いて笑った柴門は駅への道を辿る。

仕事のことや、慧海の寺の出来事を徒然に思い出しながら歩いていると、上着の内ポケットでスマートフォンが震えた。

液晶に表示された名前に柴門は少しためらう。

それでも切れない呼び出しコールに、ため息をついた柴門は画面に触れてから耳に当てた。

「はい——僕です。兄さん」

「外か？」

横を通る車の音を拾ったらしく、兄の剛（たけし）がスマートフォンの向こうから尋ねる。

「ええ、今帰りですけど、大丈夫です。何か？」

話を長引かせたくない柴門は無駄話を避けて、少し他人行儀な口調で用件を尋ねる。

「今度の日曜日、空いてるか？」

兄も無理に柴門と話したいわけではないらしく、短く言った。

「日曜日？　何かあった？」

頭の中で家族の記念日を思い出す。

父と母、そして兄の誕生日、結婚記念日と、ざっと思い出したが特に思い当たるものはなかった。

「義姉さんか、麻美（あさみ）ちゃんの誕生日だったっけ？」

兄の妻の美由紀（みゆき）か姪のイベントだろうかと当てずっぽうに言うと、仕方ないといった諦めを含んだ笑い声が聞こえた。

「おまえはまったくうちの家族に関心がないんだな。麻美が生まれたときに一度、見に来たっきりだろう」

「ごめんごめん。まだまだ新人だからあれこれと忙しくてさ。お客さんの誕生日を覚えるんで精一杯なんだ」

大学卒業と同時に実家を出てから数えるほどしか戻っていない柴門は兄の家族どころか、柴門家自体にほとんど関心がない。

明るく言って、柴門は兄の言葉のつぶてをすり抜ける。

「麻美の三歳の誕生日だ。実家で祝うからおまえも来てくれ」

「……七五三？　神社へ行くの？」

「いやそれは、十一月にやるよ。とりあえず鯛のお頭つきで祝おうって親父が言うからさ。おふくろも美由紀も乗り気だし、おまえも呼べば喜ぶと思ってさ」

（喜ぶって誰がだ？）

頭の隅がキンと痛むのを感じて柴門はこめかみを押さえる。

「望？　どうした？」

「……あ、手帳を調べてて……ちょっとごめん」

こめかみを揉みながら見えないのをいいことに柴門は取り繕う。

通話の向こうで兄が無言で待っているのが感じられて心臓がきりきりと痛んでくる。

（無理だ……行けるわけないだろう）

「今、難しいクライアントを抱えていて、その人が日曜日に連絡してくるかもしれないから、空けておかないといけないんだ。ごめん」

自分でもわざとらしいと思うほど高い声が出て、兄も明らかな嘘だと思ったのだろう。しらけたような間が開く。

だが柴門はもう取り繕うことも諦めて、兄の言葉を待った。

「――わかった。じゃあ」

「ホントごめん、兄さん。みんなによろしく」

そう言うと柴門は自分から通話を切って、息を吐きながら肩の力を抜く。

「今さらだよな。家族ってほんと難しい」

散らばる星空を見上げて柴門は言った。

柴門にとって、バラバラになった家族をもう一度きちんと繋ぎ合わせることは、漫然と空に広がる星を星座の形にするより難しい。

「僕は星座の枠から外れてるんだから、今さらどこかに嵌めこもうっていうのは、無理があるよ」

家族全員が忘れた振りをしている二十年近く前の出来事を、柴門は今でも鮮やかに思い出せる。

柴門は小学校一年生、兄の剛は同じ学校の四年生、父は証券会社勤務で、母は結婚前に勤めていた銀行でフロアレディとしてパートをしていた。

平凡だけれど穏やかな家庭の四人掛けのテーブルの上に並べられた夕食。クリームシチューにサラダ、やけにオレンジ色のきつい焼き鮭に白飯。和洋折衷を気にしない、ごく普通の家庭料理が並び、父は手酌でビールを飲んでいた。

柴門はいつものように白飯にクリームシチューをかけた。

『やめなさい。汚らしい』

不意に自分に向かって放たれた父の言葉に柴門は驚いて、箸が止まった。

『今すぐ、それをやめなさい。望。シチューはご飯にかけるものじゃない』

『え？　僕、ずっとこうやって食べてるよ』

いつもは穏やかな父の目が蛍光灯の光を集め、虎のようにぎらついて見えたのを覚えている。

『だったら今すぐやめなさい。もう二度とするな』

『急に何を言ってるんですか。お父さん。望はいつもそうやって食べているじゃないですか？』

呆れたように言う母を父が睨みつけた。

『ずっと、私は不愉快だったんだっ！　いったいどこでそんな食べ方を覚えてきたんだ！』

『えっ……？　どこでって……』

父の剣幕にたじたじとなりながら柴門は子どもなりに考える。

父も母も兄も、カレーライス以外は白飯にかけて食べたりしない。

だったら友人がそうやって食べていたのだろうかと、振り返ってみる。友人が柴門の食べ方をまねしていた記憶があるが、逆はなかった。

『子どもだもの、カレーみたいにしたいんでしょう？　何を拘っているんですか？』

答えられない柴門に代わって母が取りなす。張り詰めた雰囲気に兄は俯いて、意味もなくシチューを掻き回していた。

『そんなことをする者は、柴門の家にはいない！』

今度は、父は母に向かって言った。

『別にいいでしょ？　あなた変ですよ。会社で何かあったんですか？　子どもに当たるのはやめてください』

母が顔をしかめてたしなめると父がテーブルに音を立てて手をつき、椅子を倒す勢いで立ち上がった。

『これは、本当にうちの子なのか？』

その言葉が大きな文字で皆の目の前に書かれたかのように、誰もが動きを止めた。

小学生でも父の言っている意味はわかる。けれど、何故そんなことを言い出したのかはまったくわからない。

現実がいきなり夢の中の出来事のように不確かになり、柴門はぽかんと父を見上げるしかできなかった。

『……何を言ってるんですか？　お父さん……？』

母の声が震えていたのは怒りだったのだろうか。今思い出しても判然としない。

父の声も震えていたのは、もうあとには引けないという気持ちだったのだろうか。

『ずっと思っていた……この子は誰にも似てない。私にもおまえにも剛にも。人として一番大事な目が違う。この子は、柴門の家の目じゃない！』

反射的に柴門は自分の顔に触れた。

眼鏡をかけた父は瞼が腫れぼったい茫洋とした顔立ちで、丸顔の母は真面目で温和しげな雰囲気だ。兄は少し背中が丸いところまで父にそっくりだ。

（僕は……？）

ほお骨の高いすっきりとした切れ長の目は、子どもとは思えないほど凜々しい印象を与えるらしく、芸能事務所のスカウトマンから何度か声をかけられたことがある。しかも三歳年上の兄とほとんど身長が同じで、手足の長さや骨格の違いから、やがては抜いてしまうだろうことは誰の目にも明らかだ。

（誰にも似てないの？）

自分の頬に手を滑らせて柴門は自分に尋ねる。

そういえばついこの間の親戚の集まりでもそんなことを言われた。

――望ちゃんはなんていうか特別な感じね。剛くんはお父さんそっくりなのに、望ちゃんは柴門家の顔じゃないわね。

――誰に似たのかしら、お母さんでもないし……。武者人形みたいな目っていうのかしら？　どっちにしても柴門の血じゃないわね。

――手足も長いよな。ほんとひとりだけ違うところから来たみたいだな。

――ねえ、どうしてかしら？

その会話はあまり楽しい雰囲気ではなく、自分に集中する視線に居心地が悪かった。あのとき、父と母がなんと言ったのかは覚えていないが、父は不機嫌で、周囲の視線から隠れようと背中に回った柴門を振り払ったことは、はっきりと記憶に残っている。

『似てないって、なんてことを言うんですか。私がちゃんとこのお腹で育てて産んだ子ですよ！　私たちの子に決まってるでしょ！』

さすがに激昂したのか子どもの前だというのに母が大声で言い返す。

『そんなことおまえにしかわからないことじゃないか！　ちょうどその頃私は単身赴任していたんだぞ！』

『馬鹿なこと――子どもたちの前で』

真っ白な顔をした母が、父を止めようとして伸ばした手を父が払ったとき、テーブルの上のシチューの皿がひっくり返った。

(あ……シチューが食べられなくなっちゃった……)

凄絶な言い争いから逃れるように柴門はシチューのことを気にした。

(僕がご飯にシチューをかけなければ、お父さんとお母さんは喧嘩しなかったのかな。失敗しちゃったな)

遠くの出来事を見るような気持ちで柴門は、ぼんやりと後悔する。

(明日、どうしようかな……僕はお父さんの子じゃないとすると、この家にいられないのかな……)

テーブルの上にぶちまけられた白飯とクリームシチューを眺めながら柴門は子どもなりに考えた。

柴門望ではないとすると、いったい自分は明日から誰になるのだろうか。

父も母も、もちろん兄もその問いに答えてくれることはなかった。

そして、何もなかったように次の日がきて、そのまま続いていった。

まだ子どもの柴門が、大人が言った言葉の意味などわからないとでも考えたのだろうか。

それとも一晩寝れば、子どものことだから何もかも忘れるとでも思ったのだろうか。

(忘れるわけないのにね)

しかし幼かった柴門もまた、不安定な気持ちのまま毎日をやり過ごすしかなかった。

(だって、家を出るわけにもいかないし、ぐれる方法もわからなかった。幸か不幸か小学生にはいろいろハードルが高かったんだよね)

困惑したまま過ごした日々を柴門は茶化すしかない。

あれから父も母も一見普通に過ごしているが、いつも小さなざらつきがあった。

父は何故あんなに怒ったのだろうか。母は本当に何もなかったのだろうか――。父の放った言葉の意味を、大人になる過程で完全に理解した柴門は何度も考えた。なんとか真実を知り、証拠を手に入れようと考えたこともあった。

けれど何もなかったように逸らされる父の視線と、母のぎこちない笑みに、そんなことは無駄だとわかった。

もし本当に自分が父の息子だと証明されたところで、母が潔白だと証明されるわけではない。真実は母と父の頭の中にしかない。人は真実と思いたいことを真実と思い込む。

父も母も、そして兄も、本当のことを知ることよりも、柴門家として平和にやっていくことを望んでいた。

そう理解した柴門は、人と摩擦を起こさない生き方を身につけ、何事もなかったような顔をして高校生になった。

陽気で一見人当たりのいい柴門は、誰とでもそこそこ上手くやれたが、柴門はそんな自分が狡い人間のようで好きではなかった。

だからその態度を褒めてくれた慧海の言葉がおかしなほど嬉しかった。

――柴門って何をやっても肩の力が抜けてる……羨ましいな。

その彼もまた小さな秘密を持て余していた。

(慧海に会わなければ、きっとつまらない高校生活だったろうな)

柴門の家に生まれた運命は今ひとつ納得いかないが、彼に会わせてくれた運命には心から感謝している。

あのとき柴門はやっと、自分の棘は自分で抜くという本当の覚悟ができた。

(慧海にはカッコつけてああ言ったけれど、本当はあのときまでは諦めの気持ちだった。前向きに考えられるようになったのは、慧海のおかげだ)。

今はもう柴門の家に対して特別な感情はない、兄や両親が守っている幸せを邪魔するつもりもない。ただ、自分は関わりたくない。

「人の傷って、そう簡単には消えないんだよね」

言ってはならないことを、子どもの前で口走った父を恨んではいないが、古傷を刺激されるのはごめんだ。恨まないことと、忘れることはまったく別だ。

スマートフォンをポケットにしまって柴門はまた歩き出した。

「それにしても、もう三歳か。子どもって大きくなるのが早いなあ。誕生会と聞いたからにはプレゼントを贈っておかないといけないな。何がいいんだ？」

柴門は自分を鼓舞するように言葉にした。

そのとき何故か、昔の恋人の顔が過ぎった。

――あなたの子じゃないの。驚かせてごめんなさい。

あのとき彼女のお腹にいた子は、無事に産まれていれば三歳、いや四歳になるはずだ。

(子どもが女の子なら、あの人も七五三なんかしたのかな……どっちにしても、僕は家族ってものに、とことん縁がないんだな)

うそ寒い気持ちになって柴門は足を速める。

たとえ自分が一生をひとりで過ごすとしても、結婚をする人には幸せになってもらいたい。そこに新しい命が生まれたなら、幸せだと感じながら成長してもらいたい。

自分のようにどちらともつかないまま、頼りなく生きるようなことはしないほうがいい。

たぶん自分が今、他人の結婚を手助けしているのはそんな掴みどころのない理由だと思う。

（まあ、僕も別に不幸せなわけじゃない。慧海もいるし、源治郎さんみたいな面白い霊体の存在も知っている。それはそれで楽しい人生じゃないか）

柴門は本心からそう思い、夜の道で小さく笑った。

2

手土産に持ち込んだ水割りの缶を開けて、慧海が一口飲むのを見てから柴門も缶を手に取った。

「缶入りの水割りって美味しい？」

「なんだよ。味がわかってて買ってきたんじゃないのか？　俺は毒味役かよ？」

慧海が顔をしかめながらも、もう一口飲んだ。

「もらったものにあれこれ言ったら悪いけど、ウイスキーの香りが足りないかな」

「値段なりだね。次はやっぱりビールにするか」

正直にテイスティングしてくれた慧海に感謝しつつ、柴門も水割りに口をつける。

「たまには俺が用意するぞ。いつも持ち込みじゃ悪いだろう」

「それはない。前にも言ったけど、場所代の代わりだから気にしないでほしい」

「場所代か。じゃあ、空調のいる季節は値上げするかな」

明らかに冗談とわかる口調で提案した慧海が悪戯っぽく笑う。

気持ちが表情に表れる慧海といると隠しごとをせずに済み、狡い自分にならなくていい。

「仕事どうなんだ、柴門。大変なのか？」

「どうして？　そう見える？」

「いや……というか、おまえ、仕事が大変だと家に来る回数が増えるからさ」

愕然とした柴門は無言で慧海を見返す。

「なんだ、気づいてなかったのか？」

「……そうだったかな……ごめん。君も忙しいのに」

慧海の驚く顔に、自覚のなかった柴門はそうとしか言えない。

「別に嫌ってわけじゃないよ。毎日人に会ってはいても要はお客さんだし、気が抜けない。おまえが来てくれれば、いい息抜きになるんだ」

「話し相手なら僕がいなくても、源治郎さんがいるじゃないか。世慣れているし、君の愚痴が他に洩れる心配がない」

「確かに。でも俺と源治郎さんとはボディランゲージで話をするしかないから、こちらの読解力にかかってるんだぞ。結構疲れる」

「でもいつか君の能力がアップして、霊体と自由に会話できるようになるかもしれないよ」

「断る」

　慧海が間髪を容れずにきっぱりと言う。口調以上に断固とした色が慧海の頬に浮かび、柴門は思わず噴き出した。

「おまえも俺も仕事上、他人に言えないことが多いから、ストレス解消しないと老けるよな」

　柴門が笑ったことに慧海は明らかにほっとした表情を見せた。

（慧海……）

　彼が心配してくれたことに、柴門は胸を突かれる。家族よりももっと近い相手がいることに気持ちが解れていく。

「仕事が大変なのはたぶん他の人も一緒だろ。それより僕は……家族かな」

　零した言葉に慧海の目の色が少し変わった。

　高校時代、互いの秘密を共有したときから、自分が慧海を気遣うのと同じように、慧海もまた自分の傷を思いやってくれていたことに、柴門は改めて気がつく。

「たいしたことじゃないんだ。次の日曜日に姪っ子の三歳の誕生日会を実家でするから来いって誘われただけだ」

「行くのか？」

「いや……いろいろ忙しいから……断ったんだけど」

「そうか。仕方がない。俺も日曜日は忙しい。日曜日が暇じゃない仕事って結構あるんだけど、そうじゃない人には伝わりにくい」

兄との間に流れたしらけた空気を思い出して柴門の言葉は湿りがちになるが、慧海は当然のこととして受け止める。

「徐々に変わってきているとはいえ、アメリカのメジャーリーグみたいに男性が堂々と育児休暇が取れるような社会じゃないから、どうしたって仕事優先になるよな。とりあえずプレゼントを張り込んでやれよ」

「……そうだな……そうする」

口に出してみると、誕生祝いを断ったことがどれほど負担になっているかに気がつくと同時に、家族との確執を知る慧海がそれを責めないことがありがたかった。

「それにしても子どもって大きくなるのが早いよね。この間生まれたばっかりな気がするのに、もう三歳だなんて、びっくりだよ」

「他人の子は早く感じるだけって聞くぞ。自分の子だと毎日が大変すぎて、早く大きくなってくれって思うことがあるみたいだ」

「なるほど。苦労してないほうは気楽だ」

——あなたの子じゃないの。驚かせてごめんなさい。

また不意にその言葉が浮かんできた。

（あの人は苦労しているんだろうか……）

兄からの電話が引き金になったように、押し込めていた過去が噴き出てくることに困惑した柴門は軽く首を横に振った。

「どうした？　柴門」

「ん――いや……」

胸が詰まる感覚に柴門は顔をしかめて、口元を押さえる。

「おい、柴門。大丈夫か？　気分でも悪いのか？」

背中に伸びて来た慧海の手に柴門はぎょっとして身を引いた。

「柴門？」

「あ、ああ……ごめん」

伸びて来た慧海の手が、父がシチューを払った手と重なって見えたことに柴門自身が驚く。落ち着こうと何度か口元を拭うのを見ていた慧海が腰を上げた。

「ちょっと、トイレ」

返事を待たずに慧海は部屋を出て行き、柴門はひとりになった。

しんとした部屋で柴門は天井を見上げてほーっと息を吐く。

「どうしちゃったんだ？　僕は……」

本当に誰も恨んではいないのに、いきなり溢れ出した過去の記憶に戸惑う。

「慧海に悪いことした」

後ろ手に畳に手をつき、不意に襲ってきた奇妙な強ばりを解そうとして視線を動かす。

学生時代から使っている机には写経のテキストと硯と筆が並び、本棚には宗教関係の本と雑誌が号数順に整理されていた。

（おおざっぱなようで、慧海は几帳面だ）

きちんと勉強しているらしい友人に感嘆の念を抱く。

けれどよく見ると、本棚の一番下には高校時代から愛読している長期連載のコミックがきっちりと収まっているし、壁にはハンガーに掛かったドクロ模様のTシャツがぶら下がっている。

「息抜きはしてるんだ」

声に出して笑ったとき、部屋の扉が開いて何かを載せた盆を手に、慧海が戻ってきた。

「息抜きって？」

「あれ」

ドクロ模様のTシャツを指さすと、慧海が「ああ、あれか」と照れた顔をする。

「この間、通販で見つけて買ったんだよ。ちょっと格好いいと思わないか？」

「本物の霊体が見えるのに、ドクロを胸につけたい理由がわからない。所詮偽物じゃないか」

「偽物がいいんだよ。本物には本物を扱う責任がくっついてくるから大変だ。なんでも本物がいいっていう考えは、かならずしも正しいわけじゃないさ」

肩をすくめた慧海は盆を畳に直置きし、自分も座った。

「飲めよ。父は根っからのポン酒党なんだが、こいつは知り合いに頼んで取り寄せた幻の銘酒らしい。せっかくだから試してみよう」

「……いいのか？　高そうだ……」

信楽焼の徳利からぐい飲みに注がれた酒の、ねっとりとした艶に柴門は目を見張る。

「いいんだよ。この間の健康診断で中性脂肪が高いって判定が出たらしいから、酒は少し慎まないと。飲んでやるのも父のためだ」

調子のいい理屈を言って、ぐい飲みを柴門に渡し、慧海自身も同じように酒を満たしたぐい飲みを手に取った。

「遠慮しないで飲めよ」

自分から口をつける慧海に倣ってぐい飲みを口元に運ぶと、つんと酒の香りが立つ。まだ飲んでもいない酒が腹に染みて柴門は目を閉じた。

(慧海……ありがとう)

柴門の様子がおかしいことに彼は気がついたのだろう。理由を尋ねることをせずに、態度で慰めようとする気遣いが温かい。

(そういえば、彼女と付き合っているときも、別れたときも、責めるようなことは一切言わなかったっけ。余計なことは言わず、聞かず、けれど察する。それって僧侶に必要な資質なんだろうな……。たとえ霊体が見えなかったとしても、慧海は僧侶になるのに相応しい人間なんだ)

味わうようにちびちびと酒を飲んでいる慧海に柴門は敬する視線を向ける。

「なあ、慧海」

「ん？」

ぐい飲みを手にしたまま慧海は視線を上げた。

「彼女の子ども、生まれていたら四歳になると思う」

二十歳から二十一歳までの恋は短かったが濃密で、凄まじい勢いで柴門をもみくちゃにした。その無残な終わりは永久に自分の中に押し込め、誰にも言わないつもりでいた。親友と呼べる慧海にも、全てを話すには傷が深すぎた。

けれど、慧海も自分も少しだけ大人になった今、抱えてきたものを聞いてもらいたいと初めて思えた。

彼女、と口の形で呟いた慧海は、ぐい飲みを置いてまっすぐな視線を向けてきた。

「あの人か？　大学の講師だった人……」

「そう、鈴木黎子さん」

数年ぶりに口にした元恋人の名前に口の中に苦みを感じた柴門は急いで酒を含んだ。

「一度会っただけだけど、話し方も見た目もすごく頭のよさそうな人だったな」

「実際頭のいい人だったよ。勘がよくて一緒にいてとても楽だった」

年の差についてあれこれ言われるのが嫌で、友人に会わせることはなかった。唯一、この恋を受け入れてくれた慧海には一度だけ彼女を会わせた。ほんの一時間ほどのことだったが、慧海が受けた印象は間違っていない。
「何でも自分でできる自立した人だったけど、彼女も大変な思いをして子どもを育ててい
るのかなあと思ってさ」
「……本当に産んでいたらそうだろう」
静かに言った慧海も、苦い顔をして酒を飲む。
「本当に産んでるよ。産むって言ってたからね。あの人はそんなことで嘘をつくような人
じゃない」
「……でも……おまえと彼女の子とは関係ないだろう」
「そうだな。僕の子じゃないって言われたから、生まれていたとしても僕には関係ない」
子どもができたと言われたとき、まだ学生だった立場上、少し逡巡したことは間違いが
ない。それでも自分としてはそれほど迷わずに「わかった」と言おうとしたのに、彼女の
ほうがいきなり手のひらを返してきた。
――あなたの子じゃないの。驚かせてごめんなさい。
通りのいい彼女の声が今でも耳の奥に響いているような錯覚に襲われる。
「だったら今さら気にするな。蒸し返して悪いが、彼女はおまえと付き合っているときに、
他の人とも付き合っていたってことなんだろう。今になってあれこれ考えても、何も変わ
らない」
「うん……わかってる。君の言うとおり今さら考えても仕方がない。でも……未だに納得

できないことも事実なんだ」

「何を？」

「……彼女が二股かけていたこと」

これまで誰にも言えなかったわだかまりを柴門は口に出した。

「うん……おまえの言うことはわかる気がする」

お座なりではない調子で慧海は言う。

「一度会っただけだけど、背筋が伸びていて、間違ったことはしたくないって感じの人に見えた。だから子どものことを聞いたときには、女性は見かけによらないんだって少し怖くなったよ」

「十五歳も年上の女性が年下の男を弄んだって思った？」

「馬鹿な言い方をして、自分で自分を傷つけるなよ。おまえらしくないぞ」

突っかかる柴門に慧海は穏やかに言った。

「……ごめん……でも、付き合っているときによくそう言われたよ。年上の女性にいいように騙されてるんだって」

「そうか……人って勝手なことを言うからな」

「でも僕はそんなに馬鹿じゃない」

あのとき聞かされた侮蔑交じりの忠告への怒りを柴門は初めて口にした。

「見た目の釣り合いってそんなに大事か？　うちの家族なんてどっから見てもまともに見

えるだろうけど、本当は違う。姪の誕生日を仲良く祝えばいい家族なのか？　ちゃんとしてるかどうかなんて、見た目じゃ何もわからない」

吐き捨てる柴門に、慧海が一瞬傷ましそうな顔をする。

「そんな顔をしないでくれよ、慧海。自分が惨めになる」

「惨めだなんて思うわけないだろう。辛そうな人を見たらこちらも痛みを感じる。普通のことだ」

「普通か――君はいい人間だな。慧海」

腹の底から、怒りと哀しみが交じり合った感情がこみ上げてきて、柴門は乾いた声で笑った。

「僕の親は派手なけんかで僕を傷つけたとき、痛かったのかな」

「……そりゃあ、後悔しただろう。子どもの前で言い争いなんてしなければ良かったと思ったはずだ」

「君はいい人であると同時に、常識的だ」

柴門はその意味を尋ねる顔つきの慧海を見返して、これまで言えなかった本当の傷に自ら触れる。

「僕はね、母が不倫の末に産んだ子なんだ。昔、言っただろう？　母の浮気疑惑の話」

「あ、ああ……でも……」

驚愕を顕わにする慧海に柴門は歪んだ笑いを見せた。

「もちろん、浮気なんて母は認めていなくて、父がそう信じているだけだけどね。母が浮気をして僕が生まれたって」

　今でも思い出せば胃の腑がひっくり返るような記憶だったが、今は慧海に話してみたかった。

「最初の疑いは、たぶん僕と兄が全然似ていないってことが始まりだったのかもしれない。君でさえ家に呼んだことはないから知らないだろうけれど、兄は父そっくりで、僕は両親のどちらにも似ていないいんだ」

「似ていない親子や兄弟なんて結構いるだろう？　他人が見たら似てるってこともあるし、隔世遺伝で祖父母に似てるっていう場合もないわけじゃないし」

　遠慮がちに取りなす慧海に柴門は首を横に振った。

「いや、まったく。どちらの家系にも近しいものはないよ。親戚からもからかわれるぐらいだった」

「無責任な冗談だろ」

「そうだな……でも、父には不愉快な冗談だったみたいだ」

　柴門は背中で庇ってくれなかった父を思いながら答える。

「僕の父は小柄で地味な人だ。母も似たようなものだから、どう交ぜ合わせても僕のようなタイプは出来ないと父は考えたんだと思う」

　慧海は何も言えずにただ柴門の口元を見つめている。彼に自分の秘密を共有させることへの罪悪感を覚えつつも柴門は続ける。

「ある日、些細な出来事をきっかけに父が母に、望は種違いかと絡んだ」

柴門は目を細めてあの夜の父の顔を思い浮かべる。父という型からこぼれ落ちた男の獣じみた顔。

「……それは……柴門……」

言葉に詰まる慧海は酷く苦しそうだった。あのとき自分が味わった気持ちを彼が追体験してくれているらしいことに、柴門は慰められる。

「母が僕を妊娠したのは、父が単身赴任で東京を離れていたときらしい。最初はどうとも思わなかったんだろうけれど、僕が誰にも似ていないことに気づいてからはずっと疑っていたんだろうな。親戚なんかもよく話題にしていたみたいだし……どっちにしても子どもの前でぶちまけるようなことじゃないけれどね」

「……それはそうだ。それだけは、たとえ君の御両親でも間違っていたと言える」

やっと口に出来る答えが導き出されたことにほっとしたように慧海は言った。

「そうだよ。間違っている。だから、僕は見た目だけの釣り合いなんて、意味がないと思ってる。他人からどう見えるかなんて問題じゃなくて、自分が本当に大切だと思えることが全てだ」

慧海の肯定に力を得て、柴門は言い切る。

「僕が初めて本当に好きになったのは黎子さんだった。彼女が十五歳年上だろうと、僕は黎子さんをひとりの女性として好きになったし、黎子さんだって僕を普通に好きになってくれたと信じている。年齢が十五歳違うことは法律違反だとでも言うのか？　違うだろう？」

「柴門……」

たたみかける柴門に気圧されたように慧海は言葉を呑む。

「でも、結局僕は彼女を引き留められなかった。別れるときに彼女は言ったよ。社会的に地位のある男性を選ぶ、僕とは比べものにならない人をって」

「そうなのか？」

「ああ」

「……柴門、おまえの好きな人だったとはいえ、それは酷いと思うぞ。それが本当だとすると、子どもの父親はその、社会的地位のある男性ってことになるよな。二股をかけるにしてもそんな言い方はあんまりじゃないか」

慧海らしい怒りだったが、柴門は首を横に振って否定した。

「これを言えば、おまえもあの人を責めるだろうと思ったたし、僕もそれ以上惨めになりたくなくて黙っていた。でも、さっき言ったように何度考えても僕は信じられない。あの人の言ったことを信じたくない気持ちが何年経っても消えないんだ」

柴門は自分に言い聞かせるように言った。

「柴門……」

しばらく黙り込んでいた慧海は、考えあぐねた様子ながらも口を開く。

「本人がそう思うならそうなのかもしれないとしか、俺には言えない。人は信じたいことしか信じられない。自分の生き方や考え方を決められるのは自分だけだ」

ごく身近な範囲の人に限られるとはいえ、生死の危機が見える慧海の言葉には重みがあった。

――人は信じたいことしか信じられない。

それは子どもの頃からずっと柴門が考えていたことだ。

「君の言うとおりだ。僕は彼女を信じたいとずっと思っていた。だから、ずっと何かが解決しないままなんだよね」

――あなたの子じゃないの。驚かせてごめんなさい。

「あのとき問いただささなかった僕にはもう知る権利はないけれど、いつか縁があって、本当のことがわかればいいなとは思う。でなければ、僕は新しい家族を作ることなんかできないと思う。人の結婚を手助けするのが精一杯だ」

一気にそう言ってぐい飲みを干す柴門に、慧海が傷ましそうな表情を向けた。

「そんな顔するなよ、慧海。別に悪い人生じゃない」

「俺たちの人生はまだ始まったばっかりだぞ。良いか悪いかなんてまだまだ未定だ」

そう言った慧海も酒を呷って、遠くを見るような目をした。

――誰とも付き合わないいし、結婚しない！　相手の生死が見えるなんて耐えられない。

高校生だった慧海の、若者らしい性急な言い振りを未だにはっきりと覚えている。

彼もまた家族というものにずっと悩んでいるのかもしれないが、辛いとは言わない。

「慧海はタフだな。尊敬するよ」

「おお、尊敬してくれよ。毎日修行してる、実力派の若手僧侶だからな」

心からの褒め言葉を冗談だと思って笑った慧海に、柴門は薄い笑みを返した。

3

街路樹から舞い落ちる、本堂の前に散らばった落ち葉を掃きながら慧海は首をぶんぶんと振った。

(昨夜の酒が残ってる。やっぱり日本酒は効くなあ)

力が入らないまま無駄な動きで落ち葉を掻いていると、ふわっと首筋に気配を感じて慧海は振り仰いだ。

「源治郎さん、まだ朝早いですよ。これからだんだんと寒くなりますから、朝はゆっくり納骨堂にいらしたほうがいいですよ」

霊体が風邪をひくとは思わないが、図に乗ってふらふらされるのも困るので慧海はやんわりと釘を刺す。

実際身体が透き通り、下半身があるようなないような雰囲気で空気に溶け込んでいる源治郎の霊体は、夏はいいが冬はいかにも寒そうだ。

だが源治郎は丸顔を珍しくしかめて、慧海の周りをふわふわと漂う。

「なんですか？　いったい……」

顎を引きながら慧海は纏わり付く源治郎を避けて小刻みに動く。

だが源治郎は離れずに慧海の襟元に鼻先をつけて、くんくんと嗅ぐような仕草を繰り返した。

「ちょっと、やめてくださいよ。くすぐったい」

はっきりした感触があるわけではないが、見えるだけに妙な肌感覚があった。身体を捩って逃げる慧海をさんざん追い回した源治郎は、ふいっと離れて上から慧海を睨みつけた。

「今度はなんです？　僕が何かしましたか？」

源治郎は口元でくいっと右手首を持ち上げて、何かを飲む仕草をした。

「は？　水が飲みたいんですか？　それだったら――」

全部言い切る前に目を吊り上げた源治郎は首をぶんぶんと横に振って、もう一度手を動かす。

左手で瓶のようなものの首を摘み上げた源治郎は、輪にした右手のコップらしきものに注ぐ。輪にした右手に唇を近づけて、啜るように尖らせた。そして慧海に見せつけるように、舌鼓を打つ。まるで音が聞こえるような舌鼓に慧海は目を見張る。

（上手い！　マジで酒を飲んでるようだ）

元から芝居っ気があるのか霊体になったせいなのかはわからないが、最初に見たときより格段に源治郎のボディランゲージは上達している。

「酒ですか……本当に旨そうに飲みますね」

感心する慧海に向かって源治郎は手で顔を覆って泣き真似をし、指の間から慧海をもう一度哀しげに見た。

「僕が昨日酒を飲んだことを怒っているんですか？　昨日は柴門がきたんで一緒に飲んだんですよ。坊主だって付き合いで酒ぐらい飲むのは普通じゃないですか。というか、酒は般若湯（はんにゃとう）っていって薬みたいなものですからね」

だが源治郎は険（けわ）しい顔を崩さずに、自分を指さしてから両手で×印を作る。

（もしかしたら、仲間はずれを怒ってるのか？）

「一緒に飲みたかったんですか？」

問いかけに源治郎が一回転する勢いで頷いた。

（そんなこと言われても……地下の納骨堂まで呼びに来いってのか？）

それはさすがに無理だけれど、今断ると一生成仏してやらないという顔の源治郎に慧海は口調を改めた。

「源治郎さんは魂を休めなければならない立場です。夜中に出歩いてお酒など飲むのは、ある意味不浄のおこないかと存じますが」

眉根を寄せていた源治郎は、腰に手を当てて慧海の説教など一蹴するように胸を張って、笑顔を作る。

（えーっとつまり、これは、たぶんそんな必要など自分にはないって言いたいんだろうか）

「ご不満でしょうか？」

おそるおそる尋ねると、今度はしかめっ面を作って重々しく頷いた源治郎が、自分と慧海を交互に指さす。

（……君と俺の仲じゃないか……ってことか？　友だちって言いたいのか……？）

源治郎のジェスチャーも上達しているが、自分の読み取りの能力も凄まじい勢いで開発されているらしいことに慧海は喜んでいいのか哀しんでいいのかわからない。

（霊体と〝ズッ友〟なんてさすがにきつい。坊主になった俺が煙たいのか、同世代の友だちには距離を置かれてる感じで親しいのは柴門だけだし、結婚なんてとうに諦めているコミュニケーション貧乏男だっていうのに、霊とのコミュニケーション能力を磨いてどうするんだ？　俺はいったいどこへ向かっているんだろうって感じでマジ心配なんだけど……）

内心葛藤しつつも、臍を曲げると意地でも成仏してくれなそうな源治郎を説得すべく、慧海は言葉を探す。

「実は、昨夜は……男同士の話だったんです」

源治郎のほうへ顔を寄せると慧海は小声になる。

ほう？　というような顔で源治郎も透けた身体を乗り出してきた。

「源治郎さんもご経験があると思うんですけど、男同士の話っていろいろあるじゃないですか……？　源治郎さんは人生の先輩ですが、長い付き合いの柴門とは、源治郎さんにお聞かせできないような話もあるわけで……」

なるほどと言うように含み笑いをした源治郎が「女性か」と尋ねたいらしく右手の小指を立てた。

「……ええ、まあ……その話も」

曖昧な答えでも納得したらしく、源治郎は「それなら仕方がない」とでも言うように深く頷く。そして鼻歌でも歌っているように小刻みに首を振りながら漂い始めた。

（女性の話ではあったんだけどさあ）

掃除を再開した慧海はため息を呑み込む。

付き合っていた恋人に子どもができたのに、別れる。そう聞いたのは自分たちが大学三年の冬だった。

短いけれど、酷く緊張を孕んでいたあのときの会話は今でもはっきりと思い出せる。

『できちゃってさ』

『おい、子どもができて別れるってなんだよ？　……産まないのか？』

『いや。産むらしいよ』

『おまえさ――』

『僕の子じゃないんだって。びっくりだね』

『まさか、嘘だろう……』

『さあね、本人がそう言うならそうなんじゃないのか？　マリアさまの頃から男にはわからない聖域だ』

あのときの柴門はいつものの、人を逸らさない彼ではなく、能面のようにひんやりとした顔つきで心の中に何かを隠していた。あのときは、見知らぬ人のように見えた柴門に何も聞きただすことができなかったが、今になってその理由がわかった。

――僕の親は派手なけんかで僕を傷つけたとき、痛かったのかな。

――僕はね、母が不倫の末に産んだ子なんだ。……父がそう信じているだけだけどね。

（なんてことを……それが本当にしても単なる疑惑にしても、なぜ柴門の御両親は息子にそんな重荷を負わせたんだ。柴門にとって『子ども』は鬼門のようなものになってるのか……）

そんな柴門が、他人の子どもを身ごもったと言って去っていく恋人を、強く止められなかったのも無理はないと思う。自分の傷つけられた場所を庇うのは当然だ。

（柴門の彼女だった人、鈴木黎子さん……結局その社会的地位のある相手と結婚したのか……あんなに直向き（ひたむ）きに愛していた柴門を傷つけて、いったい何がしたかったんだろうな……）

――いつか縁があって、本当のことがわかればいいなとは思う。

そう言っていたぐらいだから、柴門も何も知らないままなのは本当だろう。

(わからないことが幸せってこともあるけど、柴門は全然納得してないし、未だ彼女を信じているんだな。俺にはどう聞いても二股にしか思えないけど。……二時間ドラマじゃあるまいし、真実は違いました、なんていうどんでん返しは普通の生活ではないよな……)

いい解決策も浮かばないまま慧海はひたすら竹箒を動かす。

落ち葉に交じっていたらしい細長いドングリが箒の間に挟まり、慧海は箒を左右に振る。

(ああ、もうっ、うぜぇ)

僧侶にはあるまじき乱暴な言葉で毒づきながらドングリを払っていると、走ってくる子どもの足が俯いた視界に入った。

顔を上げると、就学前ぐらいの女の子が慧海の真正面にいた。

「あ……」

女の子のほうも僧侶の格好で掃除をしている慧海に驚いたらしく目を丸くして、ぽかんと口まで開けている。白い大きな襟のブラウスと両耳の上で結んだ髪が相まってなんだか兎のようだ。

けれど大きな瞳の視線は強く、きょとんとしているのに大人びて見えた。

どうやらドングリを追いかけて寺の中に入ってしまったらしく、左手にあまるほどのドングリを握っていた。

「真歩(まほ)!」

慧海が話しかける前に聞こえてきた声に女の子は振り向いた。

「こっち、お母さん！」

子どもらしい甲高い声がさほど広くない寺の敷地に響き渡り、門の外から女性が小走りに入ってきた。

その声に釣られるように、姿の見えなかった源治郎がふわりと本堂の後ろから出てきた。

（源治郎さんってば今出てくるかよ……子どもに見えるってことないよな？）

子どもにはシックスセンスがあるという俗説に慧海は一瞬身構えるが、その子はただ母親を見つめている。

「どこへ行ったのか探したのよ。道路に出たかと思って焦ったわ。慣れない場所は危ないんだから気をつけないと駄目よ」

ほっとしたように女性は優しい口調で女の子をたしなめてから、慧海に向き直った。

「お騒がせして申し訳ありません」

きびきびした口調で綺麗なショートカットの頭を下げる。

年の頃なら三十代後半だろうか。秋らしい枯れ葉色のスーツに同系色のスカーフでアクセントをつけた着こなしは垢抜けている。

「こちらこそ」

挨拶を返した慧海は微笑んだ女性の顔に何故か見覚えがあるような気がして、一瞬不思議に思う。

（近所の人じゃないよな……？）

さすがに近隣なら檀家でなくても顔ぐらいわかるが、この母子は見たことがない。

くっきりとした二重の瞳に目力があり知的な雰囲気の母親と、子どもとは思えないほど、
すっきりした切れ長の目をした娘の顔立ちはさほど似てないが、どちらも人目を惹く雰囲
気がある。

源治郎は孫の幼い頃を思い出すのか、蕩ける顔をしている。

（雑誌で見たのか？　それとも女優とか子役に似てるのか？）

「お近くにお住まいですか？」

気になって尋ねると彼女は首を横に振った。

「近くの私立小学校を見学にきたんですが、周辺の雰囲気も見ておきたくて歩き回ってい
たんです。そうしたらこの子が他のことに夢中になってしまって……こんなことで小学校
に行ってもおとなしくしていられるのか心配です」

そう言って笑いながら女性は子どもの手を取った。

「小学校ですか……？　お嬢さんはおいくつですか？」

来年小学校に入学にしては小さいように見える。

「四歳です」

女性は少し面白そうな顔をした。

「お若い方はご存じないのでしょうが、私立小学校を希望する場合は皆さん早くから探す

のが普通です。家からの通学時間とか、校風とか、いろいろ調べて、自分の子どもに合っているかどうかを判断する時間が必要なんです。世間的にいいと言われる学校が自分の子どもにとってもいいとは限りません。人それぞれ個性がありますからね。これでも遅いぐらいなんですよ」

「……はぁ……なるほど。すごいですね」

（そうか、場合によっては塾も行くんだっけ？　お受験って修行並みに手間暇かかるんだな……びびる）

内心驚きながらも手際よく疑問を解消してくれた礼に、慧海は必要そうな情報を口にする。

「住んでいる自分が言うのもなんですが、この辺りは緑も多いですし、そこそこ人目もあって、子どもさんにはいい環境だと思います。それにあの私立学校ならとても評判がいいですよ。この寺にも散歩がてら生徒さんが来てくれますが、のびのびしているのに礼儀もしっかりしています」

最近、中等部や高等部の生徒が来る理由は縁結びだが、その程度は若者としてはむしろ健全なもので、注進するようなことではない。

「そうですか。ありがとうございます。近くにこういうお寺があることも、子どもにとってはいろんな考え方に触れるいい機会になりますね」

まだ通うと決まったわけではないのだろうが、希望している学校を褒められたお返しのようにそう言った。

（なかなか気が回る人だな）

「では、失礼します。お邪魔いたしました」

感心する慧海に会釈をした女性は、手を繋いでいた娘にも「ご挨拶しなさい」と促す。

「さようなら、お坊さん」

はっきりとした口調で言った娘はドングリを握りつつも、その手をきちんとグリーンのスカートに当てて、頭をほぼ三十五度に下げた礼をした。

（へぇ。これがお受験対策の成果ってやつなのか。まだ四歳だっていうのに、きちんとしてるなあ）

大人びた目と口調に若干気圧されながら慧海も挨拶を返す。

「さようなら、まほちゃん」

名前を呼ばれたことが嬉しいのか目を輝かせた女の子は、慧海にドングリを一つ差し出した。

「これ、どうぞ。真歩が拾ったの」

「ありがとう」

さっき箒に挟まっていらいらしていたドングリを慧海は笑顔で受け取る。

「まほの名前は真に歩くって書くの。カッコいいでしょう？」

言い慣れているのか四歳とは思えないはきはきした口調で説明した。

「真に歩く……ほんとだ、カッコいいね」

兄弟のいない慧海だが、寺には小さな子も来るし、親戚の集まりでは従兄の子どもたちもいる。子どもの相手をすることに苦手意識はない。それに真歩は大人びていて、対等に話しているような感じを抱かせる。

「でもね、名字が普通でつまらないの」

「真歩、いい加減にしなさい。お忙しいのにご迷惑よ」

首を傾げて慧海に難しい顔をしてみせる真歩に、苦笑した母が割ってはいる。

「いえいえ、構いません。人様とお話ができるのは、僧侶にはとてもありがたいことです」

霊体でなければ、話し相手は誰でもいいと半ば本気で思いながら、慧海は真歩に尋ねる。

「名字はなんていうの？」

「鈴木」

真歩は少し唇を尖らせた。

「鈴木真歩ちゃんかあ。綺麗な音でいいお名前だと思うよ」

慧海の感想に真歩は本当に嬉しそうににっこりとした。空中を浮遊する源治郎も慧海の意見に賛成するように何度も頷く。

「ありがとう。お坊さん。じゃあ、本当にさようなら」

今度こそ本当に真歩と母親は慧海に背を向けて正門に向かう。

すっきりと背筋の伸びた母親と、弾むような足取りの娘を見ながら慧海はもう一度首を捻る。

（ほんと、どっかで見たような気がするんだけど、誰に似てるんだろう。有名人かな？

……鈴木、真歩……鈴木……？）

目を凝らして二人を見る慧海の視界が不意にぐらりと揺れた。

「わ、朝から地震かよ」

口に出した慧海に驚いたように源治郎が盛んに首を横に振る。

「揺れてない？」

源治郎にそう尋ねた次の瞬間、視線の先にいる母娘が虹色に輝いた。

「え――」

たとえ何年経とうと生きている限り、決して忘れることのできない虹色の光と歪みに慧海は立ちすくむ。

（何故だ？　何故？　何故？）

頭の中で何度も繰り返しながらも、慧海は去っていく二人から目が離せない。ぴくりとも動かない慧海の周りを源治郎がおろおろと漂うが、構う余裕はどこにもない。

（いったい、どうして？）

答えの出ない問いを繰り返しながらも、七色に光っているのは真歩のほうだと慧海は見て取った。母親のほうはその照り返しを受けているだけだ。

（真歩ちゃん……揺れてるのか？　どうしてあの子のことが俺に見える？）

慧海は二人の姿が消えていくまで瞬きもせずに見つめ続けた。

「何故だ？　間違いじゃないのか？　俺とあの子はたった今出会ったばかりだぞ！」

拳を握って慧海は声を絞り出す。

「なんでこんなものが見える？　俺はどこかであの子に会っているのか？　俺と何か関係があるのか？」

どこにもない答えを求めて、慧海はひたすら自分に問いかけるしかできない。

壊れたように繰り返す慧海はいつの間にか源治郎の姿が消えていることにも気がつかない。

「くっそっ！　なんで俺はこんな無駄な力があるんだっ――わかったってどうしようもないじゃないかっ！」

箒を地面に叩きつけたとき、激しいめまいに襲われて慧海は屈み込んだ。

「泣きてぇ……」

膝に顔を埋めて慧海は呻く。

どこの誰かもわからないのに、危険が見えてしまった。

（もしかしたら、見間違いだったとか？）

前向きに考えてみるが、見間違いと言うにはあまりにもくっきりとした映像だった。

（……もしかして源治郎さんに付き合っているうちに、要りもしない予知能力が開発されたとか？）

毎日霊体に接しているうちに予知できる相手の範囲が広くなったとしたら目も当てられない。

「……源治郎さん……恨みますよ」

混乱する頭と吐き気を堪えながら慧海は顔を伏せたまま呻いた。

「おい、慧海、どうした？」

ぱたぱたという足音と慌てる声に慧海は顔を上げた。

「あ……お父さん……どうしてここに？」

息を切らせた父が毛玉のついたスウェット姿で覗き込んでいた。

朝のこの時間は、居間で朝の連続ドラマを見ている父が駆けつけて来たことに驚く。

「どうしてって、源治郎さんに呼ばれた……気がしたんだ」

見上げると父の頭上で源治郎も気遣うような目をしている。

「……呼ばれるってどうやって……？」

「気配だよ。テレビを見ているときに顔に異様な圧を感じてな……それを払おうと追いかけているうちにここに来てしまったんだ」

(何言ってるのか、よくわかんないけど……)

だがそんなことはどうでもいいというように、父は屈み込んで慧海の背中を撫でる。

「どうした、慧海。顔が真っ白だぞ。掃除が大変だったか？」

いつものとおりズレてはいるものの、心配してくれていることは伝わってきた。幼い頃に自分の不思議な現象をごく自然に受け止めてくれた父が変わらずにそこにいた。

「……見えたんだ……お父さん……」

上手く声が出なかったが、父の顔がすっと改まる。

「間違いないのか？」

静かだがずしんと腹に響く声に慧海は頷いた。

「でも――知らない人なんだ」

慧海は見上げた父に縋るように訴えた。

「見たことある気がするけど、知らないんだ！　俺どうしちゃったんだ。誰のことでも見えるようになるのか、お父さん……」

喘ぐ慧海の背中を父がゆっくりと撫で下ろす。

「落ち着きなさい、慧海。とりあえず家に戻ろう。お母さんがコーヒーを淹れているぞ」

促されてようやく立ち上がった慧海の視界に、父以上に心配そうな源治郎の顔が透けていた。

4

柴門は仕事を終えた足で松恩院に向かう。

（慧海からの誘いって珍しい）

いつもこちらからふらりと訪ねて行くのが常になっていることに柴門は慣れきっていた。

(誘われるのも悪くないけど、何か用事かな)

SNSを通じて『今夜きてくれ。待ってる』だけの素っ気ない誘いだったが、断れないような切迫した雰囲気がある。

(虫の知らせじゃなければいいけど。慧海に何かあったかかな)

慧海が持て余している予知能力を知っている柴門は、なんだか胸騒ぎがする。

いつもは必ず手土産にする酒も買わず、柴門はまっすぐに松恩院を訪ねた。

「忙しいところ、呼び出して悪い」

なんとなく強ばった顔で、慧海は柴門を出迎えた。

「別にかまわないけど、何かあったか？」

いつものように慧海の部屋の畳の上に座りながら柴門は軽く言った。

「うん」

素っ気なく言った慧海は、厳しい顔で柴門の前に座ったものの、すぐには口を開かない。

「慧海？　どうした？　変だぞ」

こちらの顔を見たまま何も言わない慧海に、柴門は多少焦れながら促す。

「うん」

慧海はそれだけしか答えず、「うん」ともう一度自分を励ますように頷く。

「柴門、俺の質問に答えてくれ」

初めて見る慧海の緊張した顔に、柴門は多少驚きながらも頷いた。

「おまえの元恋人の名前、確か鈴木黎子さんだよな」

どうしてそんなことを聞くのかと思うが、慧海の真剣な顔にとりあえず頷く。

「そうだ、鈴木黎子。何故そんなことを聞くんだ？」

慧海は「すずきれいこ」と声に出さずに唇を動かした。

「だから、それがどうかしたのか？」

深刻そうな慧海の様子に不安な気持ちになり、先をせっついた。

「今朝、うちの寺の境内でその鈴木黎子さんに会った。娘さんが一緒だった」

まっすぐにこちらを見る慧海の目には、何かを思い決めたらしい決然とした色があった。

「最初に会ったときは、どこかで見かけたような気がしただけだったが、考えているうちに思い出したんだ。一緒にいた娘さんは四歳だと言っていた」

「四歳？」

喉に何かが詰まった気がして、柴門は声が裏返った。

「ああ、名前は鈴木真歩という。とても大人びたはきはきした子で、切れ長の目が凛々しくて、利口そうだった。正直に言うとおまえに似ていた。子どもの目と言うより大人の目で、おまえとうり二つだった」

柴門は無意識のうちに自分の瞼に触れた。

——望ちゃんは柴門家の顔じゃないわね。

――柴門の血じゃないわね。

(切れ長の目をした四歳の女の子……)

「でも……」

意味もなく柴門は呟くしかない。一度しか黎子に会っていない慧海が、今の彼女を見分けられるとは思えない。よしんば彼女が黎子だったとしても、連れていた娘は柴門とは無関係のはずだ。

「おまえの思っていることはだいたいわかる。いきなりこんなことを言われて、なんの証拠もないのに信じろっていうほうがおかしい」

慧海は柴門の顔から目を逸らすことなく続ける。

「だが、見えたんだ」

「見えた?」

その言葉が不思議な響きで柴門の耳に刺さる。

「ああ、見えた。女の子が揺れているのがはっきりと」

――君が揺れて見えた人間には、一週間以内に命に関わるような災難が降りかかる……んだっけ。

高校時代に彼に問いかけた言葉を柴門は頭の中で繰り返した。

「……でも……慧海は……身近な相手の危険しか見えないんじゃなかったか?」

「そうだ。俺も見間違いかと思ったんだけれど、確かに揺れた」

慧海は自分に言い聞かせるように言う。

「ここからは俺の推論になるが、黙って聞いてくれ」

喉が渇くのか慧海は何度も舌で唇を湿らせる。

「俺が揺れて見えるのは、身近な人間か、高校生のときに夢中で恋をした彼女みたいに、俺が心から大切に思う人だけだ」

「ああ……」

あまり意味もなく柴門は相づちを挟み入れた。

「あの娘、鈴木真歩ちゃんはおまえの子だと思う。だから俺には彼女が揺れて見えたんだ」

そう言った慧海の目が部屋の灯りを受けて少し潤む。

「おまえは、俺の大切な友人だから、だから、わかった。そうとしか考えられないんだ」

真剣さは伝わってくるが、その内容の重さを柴門は受け止め切れない。

「でも、彼女は僕の子じゃないって言ったんだぞ」

「その言葉の正否は俺にはわからない。俺がわかったのは、あの子が揺れたという事実だけだ。俺にはそれが全てだ」

「……別れてからすぐに彼女は僕の大学の講師を退いた。結婚したとか子どもを産んだという話は全然伝わってこなかった。……もし子どもを産んでいたとしても、名前どころか男の子か女の子かも知らない」

「おまえが……なんというか……子どものことに触れたくない気持ちはわかると思う。でも……そこまで付き合った恋人のことだろう？　彼女のその後のことや、相手の男性のことを知りたいとは思わなかったのか？」

慧海にしては遠慮がちに切り出すのは、柴門の傷に触れるからだろう。

「……知りたいとは思ったよ」

慧海の思いやりを受け止めて、柴門はそのときの気持ちを振り返る。

「でも、僕は間違いなく彼女に振られた。彼女のお腹の子が誰の子かよりも大切なのは、彼女が僕ともう関わりを持ちたくないということだった。僕は彼女の気持ちを尊重するしかなかった」

好きだったからこそ、それ以上彼女を追いかけられなかったというのは、きれい事かもしれない。けれどまだ二十歳そこそこだった柴門は、追いかけないことが大人の恋愛に対するマナーだと思った。

「……彼女の性格からも、しつこくするのは無理だと思ったんだ。……何より……僕もそんな格好悪いことはしたくなかった」

若さ故の見栄だったのかもしれないと今になれば思うが、もう過去には戻れない。

「今どこにいるかもわからないのに、君が今日たまたま寺に来た人を黎子さんだというのも正直、信じられないんだ」

「それはそうだ。だが、あの鈴木真歩という子が揺れて見えたのも事実だ。これは見える俺にしかわからないが、普通の立ちくらみで目が眩むとか、逆光で一瞬見ているものが翳るとか、そういうのとはまったく違うんだ。そして俺が危険を予知できるのも、ごくごく身近な人間だけだ」

　自分の力を信じていると思わせる強い口調だった。

「おまえに言わないほうが良かったのかもしれない。けれど、あの子の危機を回避できる可能性があるのに、黙ってはいられなかった。できる手は尽くしたい。――もし何かあってもやれるだけのことはしなければ、こんな恐ろしいことが見える理由も価値もどこにもないんだ。俺を信じてくれ、柴門」

　他人の危険を知るなど耐えられないから、誰とも結婚しないと言い切った慧海の傷が未だに消えていないことに、柴門は激しく心を揺すぶられる。

「……彼女は今どこにいるんだろう……か……それすらわからない」

「手がかりはないのか？」

「……大学の同期に聞けばわかるかもしれないけれど……今でもどこかで教えていればネットで探せる……はずだ」

　今まであえて考えないようにしていた黎子の行方を求めて、柴門はスマートフォンを手に取り、検索画面に彼女の名前を打ち込んだ。

　答えは簡単に出てきて柴門は逆に驚いた。

「……今は女子大で教えているみたいだ。講義のスケジュールを調べるのもそれほど難しくないはずだ」

覗き込んだ慧海が「すごいな、今は何でもわかるんだ」と声を上げる。

「個人情報だだ漏れとも言えるけど」

軽い口調で自分を励ましながら、柴門は女子大の場所へのアクセスを確認する。

「どうするんだ？　柴門」

「うん……」

「……とりあえず、会ってみる」

あまりに簡単に手に入った情報の扱いに柴門は戸惑う。

「そうか」

そう言った慧海は考え込んだあとにまた口を開く。

「いきなり本当のことを言っても、たぶん誰も信じてくれないだろう」

「僕は信じた」

「おまえは……自分だけの常識があるから」

「……どういう意味だ？」

「説明すると長くなる」

慧海は素っ気なく答えて、話を続ける。

「あの鈴木黎子さんという人は、こんなオカルトまがいの話を受け入れる人じゃないと思う。少し話しただけだけど、以前の印象と同じだった。会話の要領がよくて、論理的な感じがする」

「当たっているよ」

「だろう？　だからあの娘さんに起きた現象を、どう説明していいか俺にはわからない。それにどんな形の危険かわからないんだ。父の場合は食中毒だったし……矢島さんは火事だった」

矢島美樹のことを口にした慧海の頬が少し引きつる。

「文字通り雲を摑むような話で、相手を怖がらせるだけになるっていうのも事実だ。それでも、放ってはおけない。高校のとき、矢島さんのことをずっと見守っていれば火事にはならなかったかもしれない。たった一週間のことで、もしかしたら小火(ぼや)で済んだかもしれない。その後悔が今でもあるんだ。だから――」

ゆっくりとした口調から、かえって慧海の苦しさが伝わってきて、柴門も軽々しい返事はできない。

「……何ができるかはわからない。とにかく、会ってみる」

「頼む」

慧海は柴門に向けて友人とは思えないような深い礼をした。

大正時代に建ったらしい、少し鄙(ひな)びたキャンパスから出て来た女性に柴門は目を細めた。あれから五年経っているから、黎子は四十を過ぎたはずだが、何も変わっていないように見える。

ぴんと背筋の伸びた姿勢も、女性のわりに歩幅が広い早足も、見慣れたものだ。

(相変わらず、カッコいいな)

正門前の横断歩道を渡ってこちらに向かって歩いてくる黎子に柴門は見とれた。

青信号の時間を残して渡り終えた彼女に柴門は声をかけた。

「黎子さん」

足を止めた黎子は訝しげに柴門を見たが、それは一瞬のことだった。

「柴門くん？」

疑問形だったが確信している声に柴門は頷いた。

「久しぶりです」

「本当にね。偶然にしても驚いたわ」

眩しそうに目を細めた黎子は明るく言った。その表情に嫌悪はなく、ただ懐かしそうだった。

「偶然じゃないんです。ちょっとお伺いしたいことがあって、黎子さんを探しました」

元彼女の性格を把握している柴門は、遠回しなことも取って付けた理由も言わない。

柴門の顔を探るように見た黎子は軽く肩をすくめた。

「じゃあ歩きながら聞くわ。この近くにある保育園に娘を迎えに行かなくちゃならないの」

理由も聞かずにあっさりと受け入れる黎子の度胸のよさに、別れた今でも柴門は微かな胸のときめきを感じる。

少しひんやりとしてきた秋風に吹かれながら並んで歩くと、かつて恋人同士だった頃の記憶が甦ってくるような錯覚を覚える。

「今はあの大学で教えてるんですか？」

「メインはね。いろいろ掛け持ちよ。娘にこれからお金がかかるから」

「娘さん、真歩ちゃんっていうんですよね」

さすがに驚いて足を止めた黎子に、柴門は慧海から聞いた話を、「危険予知の件」を除いてかいつまんで話した。

「そうかあ、あのお坊さんは柴門くんの友人だったんだ。佐久間くんって人に会った記憶はあるけど、さすがに全然わからなかったわ。お坊さんの格好をしていたし、男性でも女性でも学生と社会人じゃ全然雰囲気が変わるのよね」

偶然にしても運命みたいね、と笑う黎子はなんでも面白がる彼女らしい。

「で、話って？」

「……娘さんのことだけど」

低く切り出した柴門を拒絶するように、黎子は唇を引き結ぶ。

「真歩は私の娘よ。それがどうかした？」

――あなたの子じゃないの。驚かせてごめんなさい。

そのとき以上にきっぱりした口調に柴門は踏み込むのをためらう。

「……結婚はしていないんですか？　聞いていいなら」

「もう聞いてるじゃない。してないわよ」

　黎子はまた笑った。

「……僕とは比べられないほど立派な人がいたんじゃないんですか？　その人とは結婚しなかったんですか？」

「人生なんて、思いどおりにはいかないものよね。柴門くんだってそうでしょ？」

　嫌みな口調にならないように気をつけたが、当てこすりを口にしたとたんに自分が卑しい人間になった気がして落ちこむ。だが、黎子は柴門を責める様子もなく軽い返事で肩をすくめた。

「……保育園にはいつも送り迎えしているんですか？」

　気を取り直して柴門は話を変える。

「そうよ。そのためになるべく勤め先の近くにしたんだもの。でも母に頼むことも多い。明日から三日間出張だし、頼るしかないわ。シッターさんも時間で頼めるけど、娘は母のほうが嬉しいみたいだし」

「でも、娘さんを松恩院の側の小学校に通わせるんですか？　ここことは随分離れてますけど、大丈夫なんですか？」

「ちょうどその頃に、新学部を設立する大学から話をもらってて、仕事先が変わりそうなの。決まるといいんだけどね」

「そうだったんですか。それにしても今から、学校を探すんですか。早いですね……」

「全然。子どもはすぐに大きくなるし、自分のことと違って、なんとかなるじゃ済まないもの。——でもなんでそんなこと聞くの？」

「……気になって」

それしか言えない柴門に、黎子は不信感を顕わにした。

歩道沿いの工事中のビルから聞こえる鉄筋がぶつかり合う音が、会話が途切れた空間にキンキンと耳障りに響く。

「こんな時間に私にくっついておかしなことを聞いている柴門くんは何をしているのか、私も気になるけど」

「今日は早退したんです。ちゃんと働いていますよ」

結婚できなかった相手に結婚相談所に勤めているとは言いにくくて、柴門は簡単に答えた。

「娘さんを紹介してもらっていいですか？」

「なんのために？」

なんと言ったらいいのだろうかと思ったとき、柴門は慧海の言葉を思い出した。

——本当のことを言っても、たぶん誰も信じてくれないだろう。

——高校のとき、矢島さんのことをずっと見守っていれば……。

眉をひそめる黎子に柴門は足を止めて向き直った。

「娘さんを守るために」

「……どういう意味？」

問いかけられて柴門は再び言葉に詰まった。

「意味もなくそんなことを言うの？」

「……いえ、意味はあります。僕にとっては」

「私にもわかるように説明してもらえないかしら？」

微かに目を細めた黎子はきっぱりと言った。今の状況で理論立てて説明することは不可能に近く、柴門はもう一度同じことを繰り返す。

「──とても説明が難しいのですが、とにかく、娘さんを守るためなんです」

「それは、私がちゃんと娘を見ていないということ？　シングルマザーはおおよそ無責任だとでも言いたい？　それとも働く女は子どもに割く時間が少なすぎるとでも言いたいのかしら？」

怒りを見せずに冷静な口調で問いかけてくる黎子を柴門はしっかりと見つめ返した。

「一度でもあなたと付き合った僕が、そんな馬鹿なことを言うと思いますか？　それともあなたはそんな馬鹿と付き合って平気だったんですか？」

柴門の視線を瞬きもせずに受け止めていた黎子がふっと唇を歪めた。

「いいところをついてくるわね、柴門くん。確かに自分がそんな人と付き合ったと思うのは嫌だわね」

すっと身体の力を抜いて黎子は冗談めかした口調になる。

「じゃあ、あなたに予知能力が備わった？　それってオカルト？　それとも新興宗教？」

「違います」

冗談に乗ることもなく、きっぱりと柴門は言った。

「友人は僧侶ですが、僕は宗教にもオカルトにもはまってませんし、予知能力も僕には、ありません」

慧海の言うとおり、説明をするのは難しい。ましてや黎子のような現実的な女性をそんな理由で納得させられるわけがない。

黎子の目をひたと見つめて、柴門は一言一言真剣に言葉を紡ぐ。

「でも、これだけはわかるんです。守る大人がひとりでも多くいたほうが子どもにはいいはずです。あなたが佐久間のところに来たことも、佐久間が僕に娘さんのことを教えてくれたことも、あなたの言う運命だとしたら、僕はその運命をないがしろにはしたくないんです。今さらこんなことを言えた立場ではないですが、何か、あなたと娘さんの役に立てたら嬉しいんです。そのチャンスを僕にもらえませんか？」

理論的とは到底言えない理由だったが、柴門にはそれしか言えない。せめて目を逸らさないことだけが柴門の真実だ。

しばらくその視線を受け止めていた黎子は、わかったとでも言うように軽く息を吐いた。

「あなたは昔から自分だけの常識を持っているような人だったわ」

「同じことを佐久間にも言われました。どういう意味かは説明してもらえませんでしたが」

「佐久間くんはあなたのこと、よくわかってるのね」

黎子は微かに笑った。

「でも私はそんな変わった柴門くんが好きだった」

どきんとする言葉を黎子はさらりと言って、柴門の度肝を抜いた。

「変わっていたけれど、大事なことで嘘をつく人じゃなかった。今でもそうなら嬉しいけれど」

「自分ではそのつもりで生きています」

間髪を容れずに答えると、黎子が先に立って歩き始めた。

「急がないと。真歩が待ってるわ」

いっそう足を速めた黎子の背を柴門も大股で追う。ほどなくして、黄色い建物が見えた。がやがやと伝わってくる賑わいで保育園だとすぐにわかった。

それほど広くない園庭だが、迎えを待つ子どもたちが、走り回っている。

姪っ子でさえ生まれてから一度しか会っていない柴門には、男女の区別がつくぐらいで誰もが同じに見える。

だが黎子はすぐに我が子を見つけて声をあげる。

「真歩！」

砂場で遊んでいたツインテールの女の子がぱっと顔をあげて、輝くような笑顔を見せた。

「お母さん！」

砂で汚れたスカートを払いもせずにまっすぐに黎子に向かって走ってくる。

（ママじゃなくてお母さん……って呼ばせてるのか）

なんとなく黎子らしいと感じながら柴門は、真歩が黎子に飛びつくのを眺めた。

「遅くなってごめんね」

娘の髪をくしゃっと撫でて黎子が言う。

「大丈夫。お母さんはお仕事大変だから」

「ありがとう、真歩」

すっきりした横顔から凜とした印象が消え、娘に笑いかける目じりの皺が彼女を優しい母親に見せた。

「お母さん……誰？」

母の隣に立っている柴門に、真歩が訝しい目を向けてきた。

高貴な武者人形めいた目の力は子どもとは思えないほど強く、警戒心はあったが物怖じする色はない。

（ん？　どこかで見た感じ……戦隊者のヒーローみたいだな）

既視感のある目つきに柴門は記憶を辿る。

——人として一番大事な目が違う。この子は、柴門の家の目じゃない！

（目……）

柴門は自分の瞼に触れた。

——正直に言うとおまえに似ていた。子どもの目というより大人の目で、おまえとうり二つだった。

(そうだ、僕の目だ……慧海、この子の目は僕の目だ)

電流が身体に流れたように柴門は真実を手に入れたと思った。

聞く術もないまま黎子を見ると、黎子が娘に微笑みかけた。

「お母さんの昔の生徒さんよ。真歩に会いたいって言うから一緒に来たのよ」

(生徒か……間違ってないけど……)

きっぱりとそう言われると違和感があるけれど、それ以外に言いようがないことも理解できる。

「はじめまして、真歩ちゃん。柴門望と言うんだ。どうぞよろしく」

屈み込んで視線を合わせて柴門は挨拶をする。愛想のいい口調がおべっかなのか、本心なのかをはかるように真歩は少し首を傾げて真剣に柴門を見つめた。

黎子も娘に挨拶を促すこともなく沈黙を守った。

奇妙な静けさのあと、真歩がゆっくりと瞬きをしてから口を開いた。

「はじめまして、真歩です」

ぎこちない口調は緊張しているのと、初めて会った柴門への警戒心なのだろう。

(そりゃ、母親が連れて来たっていっても、いきなり、知らない相手に打ち解けられないよな……まさか僕が……父親なんて……子どもにはそんなこと……)

柴門は、心の中の葛藤を必死に抑えて真歩に笑いかけた。

柴門の顔をまじまじと見つめた真歩は、不思議そうに首を傾げて自分の顔に触れる。

「――真歩」

何かを感じたかのように鋭い声を出した黎子に柴門は向き直る。

「じゃあ、真歩ちゃんにも会えたので、僕はこれで失礼します。鈴木先生」

生徒と紹介された以上、子どもの前でその関係を崩すわけにはいかない。子どもは大人の話を大人が思うよりきちんと理解して、ずっと覚えていることを、柴門は身を以て知っている。

「そう、気をつけてね」

僅かに驚いた顔をしたが、黎子はほっとしたように返してきた。

そのことに少しだけ傷ついたが、自分を信用して真歩に会わせてくれたことに感謝する気持ちが勝った。

「じゃあね、真歩ちゃん」

軽く頷いてから柴門が踵を返すと、背後から声が飛んできた。

「さようなら、おじちゃん!」

(おじちゃんか……そりゃそうか)

苦笑いしながら振り向くと、真歩が手を振っていた。

「またね」

その『またね』は子どもにとって特別な意味はないのだろうが、柴門はふっと心が弾む。

「またね」

同じように言って手を振ると、真歩がごく自然な顔で笑った。

(あ……)

柴門が思わず手を止めるほど、その真歩の目は子どもの頃の柴門に生き写しだった。

5

仏壇の前に正座をして柴門は手を合わせた。

「失礼します」

合掌を解いて一礼してから、部屋の隅に控えめに置いたボストンバッグからサングラスを取り出した。

今日から一週間、真歩をガードしようと決めた。

——高校のとき、矢島さんのことをずっと見守っていれば……。

慧海の後悔が柴門を奮い立たせる。できることがそれだけでも、やらないよりやるほうがずっといい。

(ガードといってもついて歩くだけになるけど、やれることはやる)

会社にはインフルエンザだと言って、五日間の休みをもらった。

もちろん「昨日まで平気だったのにマジですか？」「ちょっとほんとなの？　まいったわ」と慌てられたが、「僕もびっくりですが、お客さまにうつすわけにはいきません」の一言で押し切った。

もちろん今抱えているクライアントに欠勤を伝え、入会したばかりの田中には出勤したら必ずすぐに連絡をすると約束した。

（これで心置きなく、頑張れる）

――またね。

手を振ってくれた真歩の目は幼い頃の自分だった。

誰の子どもかわからなかった自分のルーツが、いきなり目の前に現れたような感動を覚えた。これから一週間、仕事を休んで真歩を見守る理由としてはそれだけで充分だ。

そんな柴門の決意を後押しするように、慧海は「危ないから」という理由でこの一週間は松恩院に寄宿することを強引に勧めてきた。

『どうして？　危険が迫っているのは真歩ちゃんなんだろ？　僕はただ、真歩ちゃんをずっと見守るだけだから、心配する必要なんてないけど？』

『だから心配なんだ』

むすっとした顔で慧海は言った。

『いい年の男が、小さな女の子につきまとっていたら世間はどう思う？　通報されないとも限らない』

『……なるほど……ねぇ……そうか。物騒な世の中だもんな。でも通報されたらひとりでも寺に世話になっていても同じだよ。むしろ迷惑をかける』

『寺にいれば、俺がすぐに引受人になれるし、今、寺で保育園の経営を考えていて、その下見を手伝ってもらっていたとか言えるだろう。寺ってだけで多少の信頼はあるはずだから、言い訳は立つ』

顔をしかめながらも慧海はさらさらと言う。

『今度は保育園を作るのか？』

『たとえばの話だ。とにかく元はといえば俺のおかしな能力のせいなんだから、連帯責任だ』

それを決定事項として、慧海は柴門のために自宅の仏間を空けてくれた。

別に慧海の部屋で良かったのだが、「俺は朝早いから他人と一緒に寝るなんて無理」と、結構な広さの仏間に押し込まれた。

たぶん慧海の心遣いでもあるのだろうが、これだけの広さの仏間というだけで緊張する。

(では、行ってまいります)

もう一度仏壇に頭を下げて柴門は部屋を出た。

前庭の掃除をしていた慧海は感情が読めない顔で「行ってらっしゃい、気をつけて」とだけ言った。

既に白衣と間衣に着替えている彼は、いつものくだらないことを語り合っている友人ではなく世俗を離れた人のように見えた。

何故かとても敬虔な気持ちになって、柴門は掃除をする慧海の背中に頭を下げてから寺をあとにした。


出張中の黎子に代わり、真歩は黎子の母と手を繋いで保育園に向かっている。

黎子の母らしく若々しい人で、真歩とも楽しそうに話している。

（黎子さんが結局誰とも結婚してないのは、何故なんだろう？　あのとき付き合っていたという人はどうなったんだ？）

柴門があとをつけていることなどまったく気づかずに、登園までの道のりを楽しむ祖母と孫の姿に柴門はついそう考えてしまう。

シングルで子どもを育てている人はたくさんいる。自分のように両親が揃った家庭に育ったところで、関係がぎくしゃくしているほうが問題だ。

実際真歩は元気そうだし、楽しそうだ。

（真歩ちゃんは幸せそうだけど……黎子さんは幸せなのかな）

そう思わずにはいられない。

（僕と結婚したって幸せになれたとは限らないけどな）

柴門にとっては十五歳の違いなどどうでも良かったが、結婚相談所に勤めてみて、世間の目というものを知った。無責任で親切ごかしな世間の目や忠告めいた噂が、どれほど人を疲弊させるかを知った。

——付き合っていることは親も、周囲も知っていたのに、いざ結婚となると猛反対されました。

——年齢が釣り合わないっていう理由でした。

あの田中の苦しさは、柴門がかつて味わったものだ。

(僕だって彼女を守り切れたかどうか、わからないよな……)

かつて慧海には「守るのは別に男性とは限らない」と言ってはみたが、身体的に自分より弱い女性や子どもを守りたいと思うのは、男として当然のことだ。

頭を過ぎる考えに身を任せながらも、柴門は真歩たちから目を離さない。

尾行などしたことのない柴門が気づかれないのは、単に今日の付き添いが黎子ではないからだ。

(運がよかった)

ほっとしながらも柴門は瞬きすら惜しんで二人のあとを歩く。

やがて工事中のビルがある通りに差しかかる。まだシンとしており今日の作業は始まっていないが、柴門は誰かに呼ばれたような気がしてふっと上を見た。

(あ——)

逆光に鉄骨がキラキラと光り、柴門は目を凝らす。

(波が光ってるみたいだな……もしかしたら揺れてる？　風じゃない——揺れてる、揺れ

てるよ）

何故疑いもなくそう判断したのかは自分でもわからない。

（揺れてる――落ちるぞ。落ちる！）

しっかりと組まれているはずの鉄骨が何故落ちてくると予感したのかももちろんわからない。

瞬きもせずに見つめる柴門の頭の中には、鉄骨が揺れて落ちてくる様が、はっきりと描かれた。

（慧海――当たりだ！）

頭の中でそう叫ぶ自分の声を聞きながら柴門は二人のほうへ身を投げ出した。


「痛い……普通に痛い。いや普通以上に痛い」

足を固定されたまま、柴門はさすがに愚痴を零した。入院着の縞模様がどこか囚人めいているのにも気持ちが落ちこむ。

「そりゃそうだろ。左足の臑の骨がぽっきりいったんだから、痛くなかったらおかしい。でもぽっきり折れたほうが治るのは早いらしいぞ」

素っ気なく言った慧海が替えの下着をロッカーに入れた。シャツとデニムというごく普通の恰好だが、手にしているのが大きな信玄袋というのが僧侶らしい。

「悪い。助かる」

洗濯物をその大きな信玄袋に詰めている慧海にベッドの上から頭を下げる。

「洗濯はおふくろが家の洗濯物とまとめてしてくれるから俺は特に何もしてない。その代わり別々に洗えとか面倒なことは言うなよ」

「言うわけない」

だよな、と信玄袋の紐をぎゅっと締めながら慧海が笑った。

「一週間って言われてたのに、まさか初日であんなことが、いきなり起きるなんて思わなかったよ」

工事中のビルの足場越しに落ちてきた鉄骨から二人を助けられたことにほっとしながらも柴門はしみじみと言った。

「……うん。初日っていっても、真歩ちゃんが揺れているのを見てから既に二日経っていたからな。間に合って良かったよ」

「ありがとう、慧海。教えてくれたことを感謝している」

言わずに済ますこともできただろうに、そうしなかった慧海には自分の異能と付き合う覚悟と、友人である自分への信頼があったのだろうと今さら思う。

「……おまえが無事で良かったよ。鉄骨が直撃していたらどうなっていたことか……」

半分背中を向けた慧海の声がくぐもって聞こえた。

「そうだよなあ……真歩ちゃんとお祖母ちゃんを突き飛ばしたまでは良かったんだよ。でも歩道で跳ね返った鉄骨を避け切れなかったんだよなあ。昔ならヒョイヒョイと避けられたはずなんだけど、おかしいよね。やっぱり高校時代より鈍くなってるのかなあ」

ずきずきと痛む左足の存在を強く感じながら、柴門は年齢を意識した。

「おまえの脳天気ぶりは酷くなっている」

形だけむっとしたように慧海は言い返してきてから微かに笑う。

「会社は大丈夫なのか？」

「ああ。なんとか。嘘をついて休んだことはバレバレになったから、次に休みを取るときは疑われそうだけど、とりあえず人命救助をしたことで不問ってことになった」

「嘘をついた理由は聞かれなかったのか？」

「インフルエンザにかかったひとり暮らしの恋人の看病をしたかったたってことで押し通した。インフルエンザだって重篤になる場合があるんですよって、泣き落としたら理解してくれる女性スタッフが結構いたよ」

「さすが、結婚相談所。……じゃあ、俺は行くけど、何か必要なものはあるか？」

「特にないよ。本当にありがとう」

「じゃあ、何かあったら連絡くれ。あ、そうだ。手術が終わったばかりだから今は個室だけど、よくなれば大部屋に移ると思うから、そうなったら忘れないで連絡してくれよ」

慧海が扉を開ける前にすーっと病室の扉が開いた。

「あ――」

入室してきた人と鉢合わせしそうになった慧海は身を引く。

「ああ、あなたでしたか……」

「すみません」と頭を下げてきた女性に微笑みかけてから、慧海は柴門のほうを振り向いた。

「柴門、お客さんだ。鈴木真歩ちゃんのお母さん」

そう言うと慧海は誰の返事も待たずに静かに帰っていった。

戸口に立ち止まった黎子は、言葉もなく柴門を見つめる。ベージュのスーツに溶け込むほど顔色が悪かった。

「……わざわざ見舞いに来てくれたんですか？」

動かない彼女に柴門は笑いかけた。出張中のはずだが、実母からでも連絡を受けて、切り上げてきたのだろうか。

「当たり前でしょ」

やっときっかけが摑めたように彼女は掠れた声を出し、ベッドのほうへ近づいてきた。

「ありがとう。本当に、ありがとう」

深々と下げたうなじの細さに柴門は胸を突かれる。

娘と母が無事だったとはいえ、聞いたときには生きた心地がしなかっただろう。いつも強気で生きている人の心のうちが、細いうなじに見える気がした。

「役に立ってよかったです」

「……柴門くん、どうしてあんな時間にあんな場所にいたの？」

遠慮がちに黎子が聞く。

「会社が近くなんです……っていうのは嘘です」

一度はごまかそうと思ったが、黎子相手では簡単に見破られそうな気がしてやめた。

「あなたに信じてもらうように説明をするのは難しいです。それに言いたくないことが僕にもあります」

黎子のような人にはできる限り正直に言うほうがいいとわかっていても、慧海の能力のことを軽々しく口にはできない。

「この間、守る大人がひとりでも多くいたほうが子どもにはいいって言いましたよね。僕が真歩ちゃんに会えたのは何かの縁だし、偶然でも守れてよかったということだけしか言えません」

柴門は迷うことなく黎子を見上げる。

「それでは駄目ですか？」

瞳を通して答えを得ようとでもするように、黎子は時間をかけて視線を合わせた。

「何も知らない若いときは嘘が嫌いだった。ごまかしだと思ってた。でも、本当のことを知ることがいいこととは限らないと、今は思ってる。ただし学問以外はだけれど」

「学問以外っていうのが黎子さんらしい」

拙い説明を受け入れてもらった安堵から笑った柴門は、反動で痛みが走った足を押さえる。

「あ……痛っ……笑うと足に響いて……」

黎子も笑いながら足を撫でてくれる。

「……私ね、あのときにはもう、大学から首を切られることが決まっていたの」

しばらく柴門の足を撫でていた黎子が不意にそう切り出した。

「あのとき？」

「そう、あなたと別れたとき」

口紅が綺麗に塗られた唇は笑みの形に上がっている。

「少し前に、あなたとのことを大学に言いつけた人がいたらしくて、忠告された。別れるか、大学を辞めるかってね」

「……言いつけるって……そんな……子どもじゃあるまいし……そんなアホみたいなヤツいるのか……」

あまりのばかばかしさに、いつもは使わない言葉が飛び出た。

「あの頃、私の研究論文が海外でも権威のある雑誌に取り上げられたのよ。たぶんそれを妬んだ誰かだと思うけれど、恰好のネタになった。もちろんあなたは二十歳を過ぎていたし、法律の上では子どもじゃない。でも私の生徒で、私より一回り以上も年下で、大学にとってはスキャンダル以外の何物でもなかった」

「……そんな。確かに僕はあなたの生徒だったけれど、それは一年のときだけだ。付き合い出したときには、もう全然関係なかった」

「そんな話は通用しないのよ。……私は選ぶしかなかった。あなたか、仕事か」

そのときのことを思い出したのか、黎子の目が挑むように光った。

「講師とはいえ、あの地位を得るまで私がどれほど苦労をしたことか。それを簡単に投げ出すことなんてできない。積み上げた人脈も研究も大学を辞めれば全て失ってしまうのよ。どうしても私はキャリアを捨てることはできなかった。石に齧りついてでも私は大学に残りたかった」

「子どもは……どうするつもりだったんですか？」

「子どもがいるのがわかったのは、そのごたごたの最中だったの。だから……諦めるしかないって思った」

自分を守るように腕を組んで黎子は唇を噛んだ。

「昔の噂だから真偽ははっきりしないけれど、女は結婚するから学問には向かないって言われて、生涯結婚をしないという誓約書を書いて研究室に残った女性がいたそうよ。それは嘘じゃないと私は思っている。だから、子どもを諦めるのは仕方がないって考えるしかなかった」

「そんな……それってハラスメントで訴えられるようなことじゃないですか？」

「法律がどれだけ私たちを守ってくれると思う？　柴門くん。戦っている間にどれほどの時間が失われていくと思う？　私はそれが怖かったの。弱いって思う？」

「いいえ……思いません」

黎子の全身から迸る悔しさと哀しさが伝わってきた。

「でも結局、大学に残ることはできなかった。素行の悪い女は教育者じゃないって。でも男性教授が三十歳近く年下の卒業間もない教え子と結婚したときは、やるなあとか、羨ましいとか言われてそれで終わり。なのに私は、ただ恋をしただけで、ふしだらというレッテルを貼られたの」

「黎子さん……」

「どうして女だけが選ばなくちゃならないのかしらね？　恋愛か、仕事か。ふしだらか、真面目か。年上か、年下か。釣り合うか、釣り合わないか」

乾いた声で黎子は笑った。

「辞めさせられるなら子どもを諦める必要なんてないわ。堂々と産んで堂々と育てる。キャリアも手に入れるって決意したの」

「だったら——だったら……どうして別れるって言ったんですか？　産むなら僕だってちゃんと——」

「あなたの子じゃないって言わなかった？」

不意に声の調子を落として黎子は言う。

「でも、それは嘘だったんですよね？　あなたの大嫌いな嘘ですよね？」

「本当のことを知ることがいいこととは限らないって今言ったばかりじゃない」

「今の僕には、本当のことを知る権利がありますよね？」

微かに眉をひそめて黎子が薄いため息をついた。

「――大学は辞めるけれど、この世界には絶対残るつもりだったから」

黎子の目が隠しようもなく翳る。

「……あ……」

（そうか……僕とのスキャンダルで首になったから……）

彼女が大学を追われた理由を知ってしまえば何も言えなくなる。

――そんな釣り合わない結婚をしたら出世に差し支える。

田中の言ったことの意味を柴門は改めて理解する。それでもどうしても聞きたいことがある。

「じゃあ、……じゃあ、何故、別れると決めていたのに、子どもができたってことを言ったんですか？　それになんの意味があったんですか？」

「ごめんなさい」

黎子は柴門の目をきっちりと見て頭を下げた。

「子どもができたと言ったら、あなたはどうするか最後に知りたかったの。私があなたを騙したんじゃない。ちゃんと愛し合っていたっていう証が欲しかった。あなたはあのとき戸惑ったけれど、逃げようとしなかった。『誰の子？』とも言わなかった」

柴門はあのとき感じた気持ちを記憶から引き出す。

――子どもができたの。

不用意なことをしてはいないはずなのにどうして？　と正直に思った。けれど女性の身体は男が思うよりずっと複雑なのだろうと疑いもしなかった。『誰の子？』などという、自分に返ってくるだけの言葉など、頭の片隅にもなかった。

黎子が産むと決めたなら、責任を持つから産んでもらおう――そう決めて口を開きかけたとき、黎子は先に口を開いた。

――あなたの子じゃないの。驚かせてごめんなさい。

「僕は絶対にそんなことは言いません。逆にあなたが、僕とは比べものにならない人と付き合っていると言って、それまでの付き合いを否定したんじゃないですか？　そこまでして僕を貶めなければならなかったんですか？」

怒りと哀しみを含んだ柴門の言葉に黎子は一瞬たじろいだように息を呑む。

「――そうね。私はあのとき、自分を守るためにあなたの全てを否定した。あなたを傷つけたことは謝ってももう遅いから、詫びないわ」

いかにも黎子らしい言い方だった。言い訳をしないことが、彼女の償いなのだろう。

あのとき全てを自分だけで決断した彼女の孤独と絶望を思えば、一時爆発した柴門の怒りも消えていく。

「……真歩ちゃんは……ひとりでいいんですか？」

その問いかけに視線を揺らしたのは一瞬で、黎子は柴門の顔をしっかりと見つめ返した。

「真歩は私の子ども。私の命。それだけ。真歩を余計なしがらみで縛りたくない。あの子にはくだらない価値観に振り回されないで生きてほしい。親なら誰だってそう思うものなの。あなたの親御さんだって、あなたが自由であってほしいと思っているはずよ」

自分の両親の思いはわからないが、黎子の気持ちが不意に読み解けた気がした。

「……あなたは……僕の将来を守ってくれたんですか？」

別れることは保身のためであり、同時に柴門の将来のためだったのかもしれない。だが黎子は微かに笑っただけだった。

「……あなたの将来はあなたが決めるものでしょう？　自分の生き方や考え方を決められるのは自分だけよ。誰も守ってあげられないし、命令もできないわ」

その言葉に柴門は足を押さえながら声を立てて笑い出した。傷に響くので止めようと思っても堪えられない。

「……痛い……ほんと……足……」

「何がそんなにおかしいの？」

巻き込まれたように黎子も笑いながら、柴門の足を撫でた。

「佐久間と同じこと言うなあと思って。僕の周りは説教が好きな人ばかりです。どうしてなんでしょうか？」

「それはね、私はこれでも教育者だし、佐久間くんは僧侶なんでしょ？　説教が仕事みたいなものよ。でも柴門くんが説教をしたくなるようなことを言うのが一番の問題だと思うわよ」

「そうか。では有りがたく拝聴しないと罰が当たりますね。心します」

ようやく笑いを止めた柴門は声を改める。

「黎子さん。僕は今、結婚相談所で働いているんです」

「結婚相談所？　あなたが？」

率直に驚く彼女に柴門は真面目な表情のままで頷く。

「仕事は大変だけれど、お客さまが幸せになる手伝いをすることは楽しいです。どんな人にも幸せになってほしいし、そこに生まれる新しい命があるならば、幸せであってもらいたいんです」

実家のぎくしゃくした雰囲気を思い出せば、未だに胸が痛む。

「だから、この先も、何か役に立てることがあれば言ってください。いつでも必ず、手を貸します。それだけは約束します」

黎子は二股をかけてもいなかったし、真歩は確実に自分の血を引いているだろうが、今は突き詰めない。

女性ひとりで生きていかなければならない彼女の鎧を剝がすことは誰も幸せにしない。

「僕は、黎子さんと真歩ちゃんの幸せを願います」

微かに黎子の唇が震えたが、彼女は意志の力で笑顔を作った。

「ありがとう。あなたは何も変わらないわね。柴門くん」

「少しは大人になってませんか？」

「変わってないっていうのは、……いい意味でよ」

微笑んだ彼女に向かって手を伸ばし、柴門はその手をそっと握った。

「……もう、行くわ。……早くよくなってね」

そう言ったあとも黎子はしばらく柴門に手を預けていた。

❖エピローグ

手にしている一升瓶を慧海が開けると、ふわっといい香りが部屋に広がる。

「いい酒だな」

馥郁（ふくいく）とした香りを、柴門は鼻をひくつかせながら吸い込む。

「おまえの全快祝いで、父からの差し入れだ。灘（なだ）の銘酒らしい。仕事に戻った感じはどうだ」

「戻れば戻ったで普通どおり。もう大丈夫そうだ」

一週間前から仕事復帰をした柴門は首元のネクタイを緩めながら言う。

「なら、よかった。じゃあ心置きなく飲め」

なみなみとぐい飲みに注いで差し出すと、柴門が唇を寄せながら受け取る。

「はい、これは——っと」

もう一つぐい飲みに注いで、慧海は柴門の隣に置く。

「源治郎さんの分？」

「そう、そろそろ来ると思う」

細く開けた部屋の襖に目をやりながら、ジャージの襟元を寛げる慧海が笑った。

「この前誘わなかったらえらい怒って大変だったんだ。友だちがいがないって言われた」

「そこまで話が通じるのか？　すごいな」

　驚く柴門に慧海は渋面を作ってみせる。

「通じるっていうか、解釈するっていうか……だんだん源治郎さんの言いたいことへの理解が深まる自分が怖い。正直霊体とあうんの呼吸ってヤバくないか？」

「僧侶としてはいいんじゃないか」

「あのなあ、柴門。僧侶は山伏でも陰陽師でもないんだ。霊能力もなければ、超能力もない。普通の人間が誘惑に負けずに正しく生きるための修行をしているだけだ。たまたま俺は霊体が見えるけれど、だからって特別なことを期待するな」

「そうだな……でも、僕は君の特別な力に感謝しているよ。僕にとって慧海はやっぱり特別な人間に見える」

　酒を含んだ柴門がしみじみと言って、柔らかく微笑んだ。

「じゃあ、礼に一つ聞かせろ」

　友人とはいえ、私生活に踏み込むことの是非を自分に問いながら、慧海は柴門を見つめた。

「黎子さんの……真歩ちゃんのことか？」

　慧海の言いたいことを察したらしく、柴門は気負った様子もなく慧海の視線を受け止める。

「聞いても良ければ教えてくれ。この先どうするつもりだ？」

ぐい飲みを手に取った柴門はしばらく考え込む顔で酒を飲んだ。

「……彼女もいろんな葛藤があったみたいだ。あのときその悩みを相談されていても、僕は彼女を支え切れなかったと思う。それぐらい彼女の立場は辛いものだった」

静かだけれど重みのある柴門の言葉を慧海は黙って聞いた。

「好きじゃなければ幸せにはできないけれど、好きだったら必ず幸せにできるというわけじゃない。結婚相談所に勤めてから僕はそれが少しだけわかったと思う。好きだという気持ちはもちろん大事だけど、それだけじゃ世間に太刀打ちできないんだ。いろんな武装をしないと、社会生活は厳しいんだって身に染みている。前におまえの言ったとおり、好きな人を守れないなんて人として未熟なんだ」

柴門の言うことの全てをわかるわけではないが、高校時代に矢島美樹を守れなかったことが今でも傷になっている慧海には、その感覚は理解できる。

「真歩ちゃんが誰の子でも今はいいさ。僕ができることはしてあげるつもりで心の準備だけはしておく。あとはただ幸せになってくれることを、祈ることしかできない」

「そうか……そうだな」

頷いた慧海の視線の先にふわりと透けた物体が漂ってきた。

「いらっしゃい、源治郎さん」

「おでましですか？」

柴門が慧海の視線を追う。

柴門の肩の辺りを「こんばんは」と言うようにほわんと叩くと、用意したぐい飲みの前に浮いた。キラキラと目を輝かせてぐい飲みの香りを思い切り吸い込んでいる。

「あれで飲めてるのか……飲めてるんだろうなあ……」

「いいな。見えると楽しそうだな。慧海」

「そうでもないよ」

源治郎の手前強くも反論できずに慧海は柴門のぐい飲みに酒をつぎ足した。

「でも、僕なんて気配も感じないから。とことん霊感がないんだろうな」

「あ、そういえば、この間父が源治郎さんの気配に気づいたみたいなんだよなあ……」

酒を含みながら慧海は、首を捻った。

「気配って？」

「いや、たいした話ではないんだけどさ、この間前庭を掃除していたときに気分が悪くなっちゃって箒を手にひとりでうんうん呻いてたんだ。そうしたら源治郎さんが父を呼んできてくれたんだよ……。父が言うには、『気配を感じた』ってことなんだけど、父に霊感はないんだよなあ」

「僕は全然感じないよ。やっぱりお父さんは霊感体質なんじゃないか？」

「でも普段は目の前にいてもわからないぞ……どうやったんですか？　源治郎さん」

慧海の問いかけに、唇を尖らせた源治郎は、人差し指を立てて両手を組み、忍者が作る独鈷印（どっこいん）のような形にした。

「忍術？」

「え？　源治郎さんって忍術も使えるのか？」

酔ったのか柴門が調子よくちゃちゃを入れる。

二人の会話を聞いた源治郎が思い切り首を横に振る。

「忍術じゃないみたいだ」

慧海が仲を取り持って通訳する。頷いた源治郎が独鈷印に結んだ手を上下に激しく振って、口を「かっ」という形に大きく開ける。

「……気合い？」

源治郎が親指と人指し指で丸の形を作って、口からいくつも飛ばす仕草をする。

「玉？　気合い玉？」

半信半疑で尋ねると、源治郎が大きく頷いた。

「なんだ？　慧海」

「……なんて言うか……ようは気合いで振り向かせたみたいだ。気合い玉みたいなものをこれと思う相手に飛ばすんじゃないかな」

満足そうな源治郎の肯定を受けて、慧海は柴門に説明した。

「気合い玉？　そんなことが霊体の源治郎さんにできるのか？」

首を傾げる柴門の隣、酒で真っ赤な顔をした源治郎が指で『ＯＫ』マークを作って、大口を開けて笑う。

「できるんだって言ってるぞ」

「へぇ、僕もやりたいな。教えてもらえるかな」

面白そうに言う柴門の隣で源治郎が両手を交差して×の形を作り、柴門と慧海を指さしてから、頭を撫でる仕草を付け加える。

（なんだ？）

首を突き出して目を凝らした慧海に、源治郎が手のひらを下に向けてぐいぐいとおろして、『小さい』というようなジェスチャーをする。

「子ども……ってことですか？」

慧海が言い当てたことを褒めるように、源治郎は両手をぱんぱんと音を立てるみたいに叩いた。

「で、結局なんだって？」

酒をちびちび飲み、うかうかとした様子で柴門は言った。

「子どもには教えないってさ」

慧海の言葉に柴門が仰け反り、後ろ手に身体を支えながら笑い出した。

「そうかあ、子どもかあ……そうだな。僕も慧海もまだまだ子どもだ」

「確かに、源治郎さんから見れば青臭いもんだよな」

釣られて笑いながら、慧海は源治郎のぐい飲みに酒をつぎ足した。

了

あとがき

こんにちは、鳴海澪と申します。

本作をお手に取ってくださり、誠にありがとうございます。

本作でお目にかかる方がほとんどだと思いますが、ファン文庫さまから本を出していただくのは、ありがたいことに二回目になります。


前作『ワケアリ結婚相談所～しくじり男子が運命のお相手、探します～』では、題名どおり結婚相談所のスタッフが主役で、僧侶の友人が登場しました。

これだけですと、「なんだか同じような話だな」と思われるかもしれませんが、当然ですが、登場するキャラクターも設定も違います。

前作は『結婚』にまつわるあれこれが中心でしたが、今回はある意味『家庭・家族』がテーマ（のつもり）です。

幸せな家庭ってどんなものだろう？

心地のいい家族関係ってどういう形なんだろう？

理想の家庭、理想の家族って存在するの？

もちろん、書いている私にもわかりません。わかっていたなら、このお話を書いていない気がします。

口幅ったい言い方になりますが、誰もが確かにはわからずに毎日が手探りの状態なのではないだろうかと、勝手に推測しています。

今日、自分の家庭は幸せ、家族関係はとてもいいと思っても、明日はそれが何かの理由で反転してしまうかもしれない。形のあるものではないだけに、すぐに見失ってしまうような気がしてしまうのです。

よく言われるように、幸福は基準もなければそれを測る物差しもない。自分が揺らげば、幸せも揺らぐ。なんてあやふやで脆いものを求めているのだろうかと感じます。

今を満ち足りて生きることが難しいのも当然です。

その悩みはメインキャラクターの二人、僧侶の佐久間慧海と、その友人で結婚相談所のスタッフ柴門望が抱える悩みです。

一人はささやかな異能を持て余し、他人と深い交わりを持つ自信がない。

一人は傍目には波風のない平凡な家庭に育ちながらも、心には深い傷を抱えている。

それでも彼らは人生を楽しみ、ときには馬鹿なことをしながらも一生懸命生きようとしています。

そして二人にとっては人生の先達である霊体の源治郎さんもまた悩み、（霊体なりに）日々を生きています。

読者のみなさまには、彼らの苦悩を見守りつつ、叱咤、応援していただければ幸いです。

カバーイラストを描いてくださったａｋｋａ先生、お忙しい中、本当にありがとうございました。

ちょっと短気で真っ直ぐな慧海と、繊細さをチャラ格好良さに隠している柴門が、まるでその場で呼吸をしているようでした。気の置けない会話をしている彼らの声が聞こえてくる気がしました。

重ねて御礼申し上げます。

このお話を書くきっかけをくださった編集のみなさま、本当にありがとうございます。

役に立てることのできない異能を抱え、その扱いに苦しむキャラクターという設定が昔からとても好きで、いつどんな場合でも書きたいキャラクターＮｏ．１です。

今回その設定を使うことができ、力不足で大変なことも多かったですが、書き終えるまでとても幸せな気持ちでした。

チャンスをくださったＹさん、集中的にご指導くださったＩさん、前作から見捨てることなく私を励まし引っ張ってくださったＨさん、そして刊行に携わってくださったすべてのみなさまに、この場を借りて御礼を申し上げたいと思います。

最後になりましたが、この本を手に取ってくださったみなさまには、改めて心からの感謝を捧げます。

　キャラクターたちの悩みは、若者らしい青臭いものかもしれません。人としてキャリアを積めばもっと違う生き方があると、そう思われるかもしれません。肩の力を抜いて生きていけばいいのにと、感じられるかもしれません。

　もしかしたら、少しばかりいい加減過ぎると、腹が立つかもしれませんし、自業自得だと思う点もあることでしょう。

　けれど彼らはいつも生きることに真面目です。それだけは書き手として保証します。

　だからこそ、右往左往する彼らの頑張りをとおして、何かを感じていただければとてもありがたいと思います。

　そして、どこか一つでも面白いと思っていただけたならば、この上ない喜びです。

　長々とお付き合いくださり、どうもありがとうございました。

　またいつかどこかでお会いできれば幸いです。

鳴海澪　拝

この物語はフィクションです。
実在の人物、団体等とは一切関係がありません。
本作は、書き下ろしです。

■参考文献
『うちのお寺は浄土真宗』藤井正雄 総監修（双葉社）
『うちのお寺は真宗大谷派　お東』坂東浩 監修（双葉社）
『真宗大谷派のお経　お東』坂東浩 監修（双葉社）
『なぞるだけで心が癒やされる　写仏入門』政田マリ 監修　小酒句未果 画（宝島社）

鳴海澪先生へのファンレターの宛先

〒101-0003　東京都千代田区一ツ橋2-6-3　一ツ橋ビル2F
マイナビ出版　ファン文庫編集部
「鳴海澪先生」係

ようこそ幽霊寺へ
〜新米僧侶は今日も修行中〜

2020年1月20日　初版第1刷発行

著　者　　鳴海澪
発行者　　滝口直樹
編　集　　石原佐希子（株式会社マイナビ出版）、濱中香織（株式会社imago）
発行所　　株式会社マイナビ出版
〒101-0003　東京都千代田区一ツ橋2丁目6番3号　一ツ橋ビル2F
TEL　0480-38-6872（注文専用ダイヤル）
TEL　03-3556-2731（販売部）
TEL　03-3556-2735（編集部）
URL　https://book.mynavi.jp/

イラスト　akka
装　幀　早坂英莉＋ベイブリッジ・スタジオ
フォーマット　ベイブリッジ・スタジオ
ＤＴＰ　富宗治
校　正　株式会社鷗来堂
印刷・製本　図書印刷株式会社

 ISBN978-4-8399-7059-8
Printed in Japan

神様の用心棒
うさぎは闇を駆け抜ける

著者／霜月りつ
イラスト／アオジマイコ

刀――兼定を持った辻斬りの正体は…？
明治時代が舞台の人情活劇開幕！

明治時代の北海道・函館。戦争で負傷した兎月は目覚めると神社の境内にいた。自分のことも思い出せない彼の前に神様と名乗る少年が現れ、自分が死んだことを知らさせる。